风吹来的地方

FENG
CHUI LAI DE
DIFANG

周　海◎著

安徽师龙大学出版社

·芜湖·

责任编辑：潘　安　辛新新　　插　　图：滕麦浓
装帧设计：丁奕奕　张德宝

图书在版编目(CIP)数据

风吹来的地方/周海著. —芜湖:安徽师范大学出版社，2016.1
ISBN　978-7-5676-2362-0

Ⅰ.①风…　Ⅱ.①周…　Ⅲ.①散文集－中国－当代　Ⅳ.①I267

中国版本图书馆CIP数据核字(2015)第298296号

风吹来的地方

周　海　著

出版发行：安徽师范大学出版社
芜湖市九华南路189号安徽师范大学花津校区　　邮政编码：241002
网　　址：http://www.ahnupress.com/
发 行 部：0553-3883578 5910327 5910310(传真) E-mail：asdcbsfxb@126.com
印　　刷：浙江新华数码印务有限公司
版　　次：2016年1月第1版
印　　次：2016年1月第1次印刷
规　　格：899 mm×1194 mm　1/32
印　　张：9.625
字　　数：165千
书　　号：ISBN 978-7-5676-2362-0
定　　价：38.50元

序

说起来，本书作者不仅是我的乡党，而且是我的学弟，他父亲是我高中政治课老师。因此，虽久未谋面，但读其作品倍感亲切，犹如冬日里的围炉夜话。

作者态度真诚，语言朴素、干净而有质感，有自己的独特风格。特别是作品的第一辑《童年蒙太奇》，言及家乡的风物、人文掌故等，读来如在眼前。《怀念一条河流》画面感很强，新旧对比鲜明，充满了正能量，结尾“我们不愿意河流哭泣着、呜咽着从我们的梦中流过”，令人有振聋发聩之感。《梨园》从一个孩子的眼光去看那个不堪回首的年代，却是诗意般抒情：“如水的月光笼罩着梨园，一棵棵梨树像一棵棵月光树。月光先从树梢流淌下来，流到树腰，流到

根部。月光滴到树冠上的浓密的树叶上，似乎发出了滴答滴答的响声……”《桦树塔》的结局则让人颇感几分沉重，寓言似的一语成谶：“这棵树还在，孤零零地立在那里，高大、肃穆，像是桦树塔的墓碑。”

作者在遥远的记忆里打捞起“自我记事起”“再没有起过礁”的干滩，“杂草疯长，野花葳蕤”的梨园以及“夏季浓荫蔽日，秋季落叶飘零”的桦树塔，同样也唤醒了我对童年的记忆。当我们在喧嚣的尘世越走越远、再也回不去的时候，童年有时候就成为我们的慰藉和避风港。但是，假如记忆中的河流“由清澈变为浑浊、由洁净变为肮脏”，如何能留住美丽的乡愁？“而现在，我们又怀有同样的愿望：重建一条河流，让它的水清澈得可以濯洗昆虫的翼。”我想，这也是读者的愿望。

人物描绘也是本书的重要组成部分。作者将目光投向处于生活底层的“草根”，于是在第二辑，进入我们视野的是：自幼患有癫痫病的莲子，在改革大潮中致富最后又因非法经营而一文不名的丫狗，以给人算命为生的盲人二先生，棋艺精湛却命运蹭蹬的棋友老张……作品中的人物形象饱满，作者对细节的处理到位。“担水的哑巴”贫困潦倒，“草棚里除了一张床、一张条凳、一口水缸、一座泥坯砖砌的灶台，别无他物。”但他自食其力，心地善良。“哑巴闲下来的时候，拿张条凳坐在草棚前的空场上，有时候就坐在乱坟岗的墓碑上，目光深邃，注视着不可知的远方，风掀动着他蓬乱的头发。”塑像似的白描手法自然会引发读者的思考：“失去语言表达能力的哑巴究竟在想什么？”文章就有了画外之境。棋友老张“面色白皙，戴着一副玳瑁眼镜，右边的镜脚接口部分破损了，用一根细细的铜丝固定着，浑身透出一股书卷气”，外在形象一下子就把他与普通的棋手区别开来。而这样一个有才华的业余棋手，大学毕业时分配的工作被有门路的人挤掉，生活困窘，不得不感喟：“这世上没有公平，除了棋！”我们不仅能在字里行间体味“我”与棋友老张的真挚友情，仿佛也听见作者向社会发出要公平、要公正的呼声，悲悯意识跃然纸上。

好散文应该有诗的意境、诗的况味，第三辑《梅花山》不乏诗意盎然的篇章。在《初雪》中，当“积雪覆盖原野与村庄的时候”，“村庄像一盏点亮的灯，燃在天地间”，“‘噗嗤’一声，灯花爆燃的时候，村庄轻轻地颤抖了一下”。这样的一盏“灯”，不仅燃在天地间，也燃在我们的心头；颤抖的不仅仅是村庄，还有我们的心灵。“清气若兰，凛气若梅，心中存此一股凛气，则何处没有梅花？何处不是梅花山？”

有此二问，现实中的梅花山转为心灵上的梅花山！其实，每个人的心头都有这样一座诗意的“梅花山”。在《母亲谣》中，作者独辟蹊径，母亲在这篇文字中是一个“虚无”的形象，但“小伢子要困觉，哦——崴（wǎi）——哦——”的母亲谣具象而丰满，它在文中萦绕，有一种音乐性的回环之美。“母亲谣响起的时候，一霎间，世界也安静下来，与村庄一起专注地谛听这首古老的歌谣。”至此，“虚无”像蝉蜕蜕去，呈现于天地间的是每一个人的母亲。

从体例、内容上看，第四辑《风吹来的地方》是本书最重要的部分。“两只具有生存智慧的八哥”具有判别善恶的能力，“对于即将和已经临近的危险”“具有无与伦比的听觉、嗅觉和洞察力”，因此“一年又一年，还在那儿飞、吃食”。尽管作者在篇尾说“我的这两只八哥，完全是写实的”，但本篇与王小波的名作《一只特立独行的猪》一样，“满含生命的自由、愉悦和对某些心怀叵测的人的不屑”，象征意味极浓。《风吹来的地方》是本辑也是本书的“文眼”。给予少年的“我”无穷想象的“风口”，其实不过是“鹞石山和左边的一座稍矮一点的山形成的目测宽约十米的通道”。 因为越来越强烈的“看风吹来的地方”的这个念想，在一个夏天的清晨，“我”与海斌哥哥悄悄启程上鹞石山。而历尽艰险登上鹞石山顶后，“我”发现：哪有什么“风口”，“风口”消失了！渐次进入“我”的眼帘：“北边是一望无际的苍苍莽莽的平原”，山脚下“像一条巨蛇游弋在大地上，一种舒缓而有力的动感灌注其中”的长江。此文同样具有浓厚的象征意味，但我理解，作者并非示意“无限风光在险峰”，“风吹来的地方”象征着爱、美与理想，去“风口”、看“风吹来的地方”象征着对爱、美与理想的追求。我想，每个人在追逐梦想的时候，一定不能忘记自己的“初心”，不要忘记自己出发时的方向，如同篇尾所言：“而当我沐浴着激荡的江风与海风的时候，我总不能忘记我的初心：我曾一次次地追逐着风的方向，走向风吹来的地方。”

从具有叙事意味的第五辑《雪城》中似可看到作者的写作观：散文可以讲故事。《雪城》一文描绘了一场没有结局的美丽的邂逅，其后的《从合肥到南昌》同样没有结局。读者可能感到遗憾，但说不定这正是作者有意安排的：有时候，没有结局也许是最好的结局。每一个来到我们生命中的人都是对的，有些人一转身即已远去，但无论如何我们应心怀感恩，目送他（她）们远去的身影说声“谢谢”。假如他（她）们连身影都没有留下，那起码还有美好的回忆可

以留在纸上，瞬间便是永恒。

本书基本以时间作为脉络，童年、夜色、月光、青春、亲人、家、梦想在时间的淘洗中清晰浮现。在某种意义上说，这是一部“个人史”的文学再现。热爱文字的读者，若静心读完此书，会在作者的书写中寻到自己过去的痕迹，从而产生情感共鸣。

在喧哗的世界上自守一隅需要富足与坚韧的内心，希望作者握紧自己的笔，回望历史，洞察现实，审视未来，写出更有厚度与分量的文字，与读者分享。

是为序。

吴付来

二〇一五年十二月十九日

于中国人民大学静园

目录

童年蒙太奇

清晨，我听到
阳光撞在窗玻璃上
叮叮咚咚的声音
一睁眼
太阳像一位白胡子爷爷
站在窗前
和我画在纸上的一模一样
笑容可掬，和蔼、慈祥
眼睛还顽皮地眨了一下

怀念一条河流

干(gàn)滩是我们村北面山下的一条河，也是周边十几个村子唯一的河。

干滩这个名称的由来，一直让我很疑惑。我曾查过《说文解字》和《古汉语字典》，“滩”主要有两种解释：一是海边、河边淤积成的平地或水中的沙洲，如海滩、河滩。唐朝诗人岑参有诗《江上阻风雨》：“云低岸花掩，水涨滩草没。”二是江河中水浅石多而水流很急的地方，如险滩。唐朝诗人崔道融的诗《溪夜》“却放轻舟下急滩”，《乐府诗集》中有“巴东三峡巫峡长，猿啼三声泪沾裳”。于前一种意义而言，干滩就是水边的平地，没有和长江三峡、黄河壶口相类似的滩地风景。于后一种意义而言，干滩只在那一段水流较急，但也称不上急滩，其他河段均水流平缓。“干”在古汉语中含义比较丰富，与这条河较为切题的解释有“水边、河岸”，如《诗经·魏风·伐檀》“坎坎伐檀兮，置之河之干兮，河水清且涟猗”，但这里的“干”读gān。另有一种解释为“树干”，如《淮南子·主术训》“枝不得大于干”，读音倒是相符，也可勉强解释为“像树干一样的河流”，但这又与干滩的蜿蜒流向不符。干和滩结合在一起，更让人无从辨别其真实含义。我曾经问过村里的几位老人，他们也说不出所以然。事实上，村庄很多风物的称谓名不副实，比如我们村子东边的邻村七井，其实只有一口井；至于北边的花园村，当年这村名诱惑了无数个下放到我们县的上海知青，以为这里必定处处鸟语花香，一派田园风光，其实是县里面环境最恶劣、条件最艰苦的村子。这些称谓充满了历史的神秘感，使人忍不住想掀开一角看个究竟。

干滩发源于村庄北面的发洪山。发洪山乃大别山的余脉，离我们村约有二十里地。大别山山势磅礴，重峦叠嶂，自东边逶迤而来，远望似一层层凝固的波浪，到了村边戛然而止，似乎最后一截波浪撞在岩石上断了一样，那断裂的尾端，就是发洪山。相传，东海龙王有一位太子，因为恋上了发洪山下一位美貌的村姑，犯了天条，惹得玉帝大怒，将他压在发洪山下。因为是龙太子，所以压得并不严实，还有身体活动的余地，就像如来佛将孙悟空压在五行山下，还留了个洞口，让孙猴子把在太上老君八卦炉里炼过的头、手伸出来，为日后遇见唐僧埋下了伏笔。每每雷雨天气，天上雷声大作，顷刻暴雨如注，压在发洪山下的龙太子怒气冲天，身体一拱，尾巴一摆，这便要“起礁”了：山洪夹着泥沙、岩石滚滚而出，奔腾而下，一路上树木、屋子被冲倒，牲畜被冲走，平日清澈见底、波澜不起的干滩顿时浊浪滔滔。

这不过是个王子爱上牧羊女式的老套传说，但周边一带村子里的人，尤其是上了岁数的老人，都说发洪山一带是“龙脉”。后来上初中学地理，才知道所谓“起礁”就是泥石流暴发，山区或沟深谷险、地形陡峭的地方多发，属于破坏性极大的自然灾害。

自我记事起，干滩再没有起过礁了。倒是我姐姐说她有一年亲眼目睹过“起礁”，但她所遭遇的又与传说中的大不相同。姐姐说，有一年夏天的中午，她到河里洗衣服。那天天气阴沉，但并没有雨，也没有起大风，不像要下大雨的样子，事实上后来连小雨也没有下。她洗好了衣服，将盆子放在岸边，自己坐在洗衣服的大麻石上，将双脚放在水里凉快凉快。突然，河中心起了漩涡，水流一股股地往上涌，越涌越大，越涌越高，就像沸腾了一般，接着，一条碗口粗的水柱从漩涡里喷出来，喷出一丈多高。平日里清澈见底的水流一下子变得浑浊无比，水势顺着中心的漩涡往岸边涌，越涌越快，越涌越急，形成一层一层的浪，就好像河中心开了艘大轮船。浪打在岸边的麻石上，浪花四溅。浪花扑在她身上，从头到脚都被裹挟进去，她猝不及防，差点被卷到河里。定定神，她掉头就往岸上跑，跑过桦树塔，跑到梨园里。歇了好一会儿，心才慢慢平静下来。再回头朝河里看，河水依旧清澈见底，波澜不惊，好像一切都没有发生过。

姐姐描述的景象就像是一场微型的“海啸”。但我以为，这才是真正的“起礁”，假如姐姐不诳我的话。我自小对村庄的天文地理、人文掌故怀有不可遏止的好奇心，但随着村里上岁数的老人一个接一个地离世，一段一段的历史被埋入坟墓中，和骨殖一起腐朽，“起礁”之谜再没人能揭开了。

干滩属于季节性河流，流经多个村庄，我所记得并且去过的，按上游至下游排序有大山村、施湾村、二房村、青山村，最后汇入陈瑶湖，是沿岸村庄重要的生活、生产水源。岸北的土地黏性较强，又得灌溉之利，大部分被辟为稻田，一年两熟。岸南以沙土为主，种有烟叶、瓜果等经济作物，远一点的圩区也间或种有水稻、麦子、红薯、玉米、蔬菜等。河上有两座桥，均处上游地带，二十世纪五十年代所建，大山村边一座，施湾村边一座，均为简易石桥，桥身距水不过数尺，桥墩为大麻石浇铸水泥，桥面铺水泥预制板，可过一辆卡车，石桥至今还在。春天积雪融化，水自发洪山上发源，无数支细流一路流过密林、山坳、巉岩，丁零作响，汇入河道，此时大部分水面只有脚背深浅。河水带着融雪的寒气，冰冷沁骨，小鱼、虾、螃蟹开始在水中活动。夏季为丰水季节，经过了一个春天的积蓄，到了夏季特别是一场大雨之后，水流湍急，水面宽阔，大部分水面深过膝盖，桥下的“水窝子”有一人多深。传说中的“起礁”皆发生在夏季。初夏水流略有浑浊，但到了仲夏即阳历七八月份，水势稳定下来，上游河水清澈见底，鱼虾游戏其中。中下游地带，水流迂缓，大部分水域水深两米多，因沿岸青山绿树映照，河水呈墨绿色。如果有风，则水浪拍岸，訇然作响，看上去颇有大河的样子。秋季水流变缓，上游有渐渐断流的迹象，露出水底的大麻石，中下游一带水流量渐

渐减少，水面明显变窄，像小河汊子。冬季属枯水季节，全流域水流干涸，河床裸露。大山的石桥下有个泉眼，四季水流不断。泉水从泉眼里喷出来，竹竿粗细，水里还有股甜味儿。每每看到“××山泉有点甜”的广告，就想起大山石桥下面的泉眼、泉水，并非因为“美不美家乡水”就妄加溢美，客观地评判一下，那口感确实很好。大部分村子里都掘有水井，但井水是死水，吃起来味道明显不及泉水，故临近几个村子即便村中有井，吃水大多还是到这眼泉里挑。也有不耐烦等的，清晨直接在山脚下挑。清晨时，干滩源头河水的清澈度和干净度并不亚于泉水。

若论起四季风光，虽说春兰秋菊不好类比，但必定要比一比，当然还是春天的干滩最美。“陌上花开，可缓缓归矣”，我每每因这千古丽句而起故园之思。春天，干滩两岸的野花从河水源头开始，一路开来。有的三三两两，星星点点，好像繁星点缀于夜空；有的丛丛簇簇，连绵成片，如一条绣满了花卉的锦缎。自上游开始近十里地少有间断，中下游则渐渐稀少。花可以说是五颜六色，缤纷夺目：黄色的，紫色的，大红色的，粉红色的，深蓝色的，淡蓝色的，靛青色的，每一种颜色还有不同的层次，令人目不暇接。可惜的是，小时候只知野花悦目，没有认认其品目，以至于今日只知其然，说不出所以然。干滩上游北岸有一片桃树林，距河道十几米，有八十多棵，是无主林，因为是野生桃树，所以其果实又苦又涩，不能进嘴。岸北的梨园是我们村的，每年秋熟后按人头分，一家能分四五斤，果味甜但肉质粗糙。“三月桃花四月梨”，三四月，桃花、梨花次第开放，两岸成片的桃花、梨花如织似锦，绵延数里，汇成一片花海，极有气势。这时候如果撑一条船顺流而下，人如在画中游，人、船、花俱为画中物。“开到荼蘼花事了”，干滩两岸花皆谢了的时候，总要到阳历五月初。不过，谢了的桃花、梨花花瓣随风吹进干滩顺水流而去，也是一景。现在城里的人们春天作兴扶老携幼去踏青，驱车数十里或数百里去看某地的桃花或梨花，风景优劣不论，比不上我们生活在风景里。

记得最深的，还是夏季的干滩。干滩是我童年、少年时的嬉游之地。八岁时，因为算命二先生的建议，经亲戚介绍，母亲在大山村让我认了个干娘。母亲带上两斤猪肉、一斤红糖，带我去了一趟大山村，干爷、干娘都是裁缝，给我做了一身涤卡衣服，这门干亲就认下了。以后每年放寒暑假，我都要去一趟大山村。寒假一般是春节后住个三五天，暑假住得长些，有时候一暑假都在大山村干娘家。

大山村坐落于干滩北岸约二十米的地方，距干滩发源地发洪山约五里地，岸边有一片榉树林，与南岸的榉树林隔水相望。少数榉树生长在河道的浅水里，棕红色的根须浸在水里，那根须形成的水洼子是鱼虾们的最爱。村子地势较高，凹凸不平，房屋均坐北朝南，依地形而建，故有高低错落、鳞次栉比之感。往村子西边的水流发源处看，只见无数支细流从草丛间、鹅卵石间潺潺流过，到了村子中间地带，才慢慢形成宽阔的河道。河道遍布麻石、鹅卵石，大的麻石有一两千斤重，小的也有五六十斤，鹅卵石小如花生，大如瓷碗，或晶莹剔透，或纹路斑驳。水底均为金黄色的细沙，沙子极干净，撒一把放在水缸或碗里，水一点都不变色。干娘家在村子正中间，瓦屋，有一座前院，院子前有一棵又高又粗的榉树，三四人才能合抱，树下有一块大麻石，呈水牛状，可以躺三四个大人，有时十几个小孩攀在上面玩。夏天在树荫下乘凉或泡在树下的水里，特别消暑。而且这凉快是自然所赐，不像现在的空调房间总是有点闷闷的，凉而不快。

海真姐姐那时已经出嫁了，海斌哥哥在家排行老二，经常带我和海心弟弟去树下的水里捉鱼捉虾。在干滩捉鱼捉虾不需要什么特别的工具，一只柳条编的网兜足矣。

因为浅水养不了大鱼，干滩源头和上游地带的鱼体形极小（只有桥下面的水窝子里偶有超过半斤或一斤重的鲫鱼，是丰水季节从下游溯游而上，退水后游不回去留下来的），种类却丰富。鲫鱼、鰺子、汪丫（黄颡鱼）、鲶胡子（鲶鱼）、泥鳅、黄鳝、螃蟹、河虾，还有名字辨识不出来的，当然还有水蛇。“水至清则无鱼”，这句话对干滩是不适用的。只要将水底的鹅卵石一掀，必定有条小鱼“俶尔远逝，往来翕忽”，钻到沙子里或别的石头下。最常见也最多的是鰺子，约有五厘米长，细如一根筷子，成群结队地在水中游，“皆若空游无所依，日光下彻，影布石上”。鰺子的警觉性特别高，看上去就在眼皮底下，手里的网兜一动，就不见了影子。我们曾采取“围坝”的方法逮鰺子：将稍窄一点的河道截取一段，上下堵起来，下面留个口子，用网兜挡住，再用竹竿由上往下赶。不过时间长了，这个方法也不太灵。往下游的网兜里赶的时候，鰺子顺着竹竿从岸两边又游到上游去了。干滩里的虾子个头小，颜色较淡，近乎透明，三四厘米的就算大虾，大部分只有一指节长，背上有一条黑线。与公虾不同的是，母虾的脚有些泛红，产卵期能看到母虾肚子里有黑色的籽。虾子一是喜欢躲在大石头下，二是喜欢聚在桦树根下面的水洼子里，将一根桦树的根须轻轻一拽，立即有无数只虾子在水里四处游走。假若飞快地一提，被提出水面的虾子还沾在桦树根须上，“啪嗒、啪嗒”往下跳，跟跳水运动员似的。螃蟹除了觅食以外，大部分时间待在洞里。洞口有一小撮新鲜的黄泥，这是螃蟹洞的标记。不认识这个标记的人将手伸进去，一阵疼痛，手一缩，带出一条蛇来，青色的背，肚皮泛白，看上去像条小黄鳝。这是要惹人笑话的。不过好在我们所遇到的水蛇大都没有毒。我们被水蛇咬了，也不采取什么医治措施，只是将被咬的手指头放嘴里吮吸一下，就算消毒了。大部分螃蟹只有橡皮擦大小，在干滩我见过的最大螃蟹有墨水瓶那么大，跟现在小号的大闸蟹相仿，不过颜色浅一些，而且是只母螃蟹，将肚脐掀开一看，肚子里的小螃蟹已孕育成形。有一种鱼，约一把十厘米的尺子那么长，扫帚柄粗细，趴在水底沙子上半天一动不动。我们都叫它“孬子鱼”（孬子，方言，意同“傻子”），因为你即使把手伸到它背上，它都不知道躲，一抓一个准。抓在手里，“孬子鱼”尾巴摆两下，不动了，甘受被煎、被炒、被红烧的命运。还有一种小鱼，不仔细看都看不见，村里人称它为“被单鱼”，它的身体近乎透明，在水里只看到一个个小黑点，那是被单鱼的眼睛。不过干滩里的鱼也就“孬子鱼”和“被单鱼”可以吃：

"孬子鱼"肉厚,"被单鱼"晒干了和豆干、黄豆拌在一起烧成杂酱,特别下饭。真正在菜市场上卖的,还是陈瑶湖里的鱼。不过有一件事我一直没有搞明白:冬季枯水季节,这些鱼、虾、螃蟹都去哪儿了?是秋季渐渐断流之际游进了陈瑶湖?

在上游的干滩玩水是不存在溺水问题的,除了桥下面的水窝子。我不会游泳,每次到大山村,母亲都和干娘打招呼,不能让我去深水玩。小时候干娘看我看得比较紧,只要视线里没有我的身影,必一声声喊我的名字。不过,越是不让去的地方,诱惑越大。干滩上游只有两处深水:一处是施湾村桥下的水窝子,一处是大山村桥下的水窝子。水窝子直径不过四五米,和干娘家的院子大小差不多。我到干娘家,必定要过石桥,站在桥上看,水深似乎也就到膝盖的样子,这是因为水太清而造成视觉上的误差。在桦树下的大麻石上,每每远远看到村里的伙伴们站在石桥上,"扑通"一声跳下水,然后在岸边冒出头来,心里实在羡慕极了。我央求海斌哥哥好多次,海斌哥哥终于答应带我去玩一次。那天,干爷上山砍柴去了,干娘中饭后去了邻村的大姑家。两点多钟,我们一路趟水到大桥下,正是太阳最毒的时候,已经有不少伙伴们站在桥上,"扑通、扑通”跳下水，溅起一阵阵水花。我站在桥上问：“水深吗？”伙伴们笑着说：“不深！”海斌说：“下来吧，我在这呢。”我照葫芦画瓢“扑通”一声跳下去，结果一下子沉下去。水应有两米深吧？正常情况下，溺水三分钟就有生命危险，但这一次我在水下的时间至少有四五分钟。在水下时，我感觉像在一个异常昏暗的地方前行，但没有路和方向，只是凭感觉向有亮光的地方走。最后，仿佛有人在我背后推了一把，我走到了岸边的浅水处，玩水的伙伴们在河对岸看着我从浅水处一步步爬上岸。伙伴们后来说，以为这次我出不来了。海斌哥哥吓得脸煞白煞白，愣在浅水边。他早已一个猛子扎下去，但是水里人太多，没摸到我。后来，有人（海斌哥哥说就是经常一起玩的阿来）向干娘、干爷“告密”，为这事，海斌哥哥挨了一顿狠打。

不过，挨打归挨打，好了伤疤忘了痛，该玩的还是照样玩。不久，我们又做了一件惊天动地的“大事”。

渔、樵、耕、读是农家四事，但下游陈瑶湖边一带的村子才有以捕鱼为主业的渔民，为数不多，有些将家就安在渔船上。汛期，几十条渔船挂起风帆破浪下网，是陈瑶湖一景。但这些渔民也要辅之以耕田，种粮食和蔬菜。究其原因，一是湖里的鱼虽不少，但捕多了卖不掉。因为那时候大部分家庭的日子都过得紧巴巴的，“公家人”逢年过节才会买条两三斤重的大鱼，孩子多的家庭每个人吃到嘴里的鱼肉没几块，饭桌上还你让我、我让你的。需要找人办事（工作调动、农业户口转非农业户口之类），才会买条十来斤重的草鱼，拎着上管事人的家门。二是村子交通闭塞，路况差，打上来的鱼运不出去，渔民单靠捕鱼维持不了生计。不像现在，湖泊或水库里的野生鱼都是作为高端水产，包装精美，并由专业公司提供一条龙服务，市场供不应求。大山村、风磐村等上游村子都没有专业从事捕鱼的，只有丰水季节，特别是一场大雨之后，上游地带涨水便于出船，村子里才有人早上撑一条船去陈瑶湖，晚上收网回来。虽不能说“晚上归来鱼满舱”，但也绝少空手而回。有时候运气好，还能网到老鳖。作为一种副业或对耕田种地的补充，还是颇有益于家庭生计的。大部分时间里干滩涨水快退水也快，能出船的时间仅仅一周左右。这渔船平时不用的时候就晾在干滩水边，桨放在船舱里，上面盖层塑料薄膜。有时候我们将抓来的鱼虾养在船舱里玩，玩厌了才扔回干滩里。

夏天变天快。上午，刚刚还是日头毒毒地照着，转眼间，天突然黑下来，大风从山上刮过来，呜呜叫着，听声音像冬天的风。接着一场大雨瓢泼而下，整整下了一天，黄昏时雨才停歇。第二天一早，天气特别凉爽，空气异常清新，带着一股子山间树木和青草的气息。再看看干滩，几乎要叫出声来：这是平日里我们天天在里面泡着玩的干滩吗？水一下子涨到了院子边的石阶，略带点浑浊，流速极快，一阵一阵的浪花拍打在石阶上。向对面望去，河水将两岸隔开，水面宽广，极具大河模样。海斌哥哥倒是见惯不怪，说湖里才叫大，才叫好玩呢。又过了一天，水势稳定下来，流速平缓，渐渐恢复了平日的模样。渔船在水里一漾一漾。去陈瑶湖！这个念头在我脑中冒出来，变成不可遏止的诱惑。我和海斌哥哥商量半天，而且承诺下一次再来的时候，将家里的连环画全部带过来，海斌哥哥才犹犹豫豫地答应了。只要时间抓紧一点，船划快一点，早上早点出去，中饭时回来差不多，有半天的时间，和干爷、干娘撒谎的余地就大。其实海斌哥哥自己也想去湖里摘菱角，采莲蓬。第三天一早，我们五个人——海斌哥哥、我、阿来、依环、大卵子，一大早将船里的进水舀干净，悄悄划去了陈瑶湖。一旦玩起来，大家都把中饭时回来的计划抛到九霄云外了，而这计划事后看来也破绽百出。

我们的小船出了大山村的石桥，出了施湾村的石桥，青山、桦树塔、稻田，村庄高高白墙的瓦屋、土坯泥墙的草屋、田畦里的棚子，一路向后退去，眼前渐渐开阔起来。河道明显宽了，因为没有风，水流平稳，但在船上能感觉到一漾一漾的水波。不知道水有多深，有的说一人多深，有的说两人多深，有的说晾衣服的长竹竿都捅不到底。岸堤不高，我们站在船上正好眼与岸齐。南边的岸堤上就是沙石公路，坑坑洼洼，偶尔有三轮卡（简易三轮摩托车，常用来载人）"吱呀、吱呀"怪叫着驶过。砂石公路再往南则是瓜地、菜地、烟叶地、稻田、树林、池塘，一处一处的村庄集聚地，或呈圆形，或呈长方形，或呈不规则形状，交错落下。两三间草棚，是看瓜人守夜所用，掩映于林水之间。北边远处青山矗立，裸露着灰色的岩石与墨绿的大树，色彩搭配恰到好处，山顶上一处巨石有灵动之势，似乎一阵大风即可吹走。山下有村庄、瓦屋、疏树、草棚、庄稼，正是早稻成熟的季节，触目处皆为金黄色，这金黄色与山色、树色交相辉映，是我多年之后看到的莫奈油画的境界。轻风拂过，稻浪一层一层顺风势推进，使我们有了一种错觉，好像船在随稻浪而行。而那稻浪掀动的"窸窸窣窣"声响，充满了大自然天籁的神秘。

浩渺无垠的陈瑶湖已在眼前了。到湖口的时候，水流的速度一下子快起来，船身似乎变轻了，宛如被一只大手在后面轻轻推了一把，小船荡进了陈瑶湖。机帆船、木船、白帆、荷叶、荷花渐次映入眼帘。船并不多，三五只而已，尤显湖面水域宽广。打鱼人站在船上，以青山为背景，将网一撒，划出一道弧。有时候船半天不动，静静地泊在水面上，白帆倒映在水中，与远处山色、树色构成一幅绝妙的山水图。正是“接天莲叶无穷碧”的时节，湖里靠近岸边的水域，荷花成片成片地盛开着。多的是白莲，偶有几朵红莲点缀其间，红荷、白荷与碧水、绿叶，又是另一幅画轴。我们说着、笑着，将船划进荷叶丛中，荷叶、荷花被船压倒、分开，形成了一条窄窄的水道。我们随手摘下朵朵荷花，将花瓣撕碎投入水中，片片花瓣随船压开的水波而去。用手拨拉一下，有些早开的荷花已结出莲蓬，颗粒饱满。白色的莲子肉微甜，带一股荷叶的青涩，莲心微苦。《西洲曲》:“低头弄莲子，莲子清如水。”我偏偏喜欢说是“莲子青如水”。莲子用青而不用绿，实在是有讲究。青和绿看似相近，但在色彩的层次感上有明显差异。刚出水的荷叶是青的，等到经受风霜日晒后，荷叶变绿。而莲子藏在莲蓬里，一颗颗剥出来，青得透亮，可以用“新绿”来形容。水本是透明的，荷叶和莲子映照，一路青盈盈的。而我们只顾嚼着莲子，将莲蓬和莲子衣往青盈盈的水里扔。划到湖的最东边时，已是夕阳西下。回首望去，山峰、湖泊、船、荷花、荷叶俱沐浴在夕照里，连绵的峰巅镶上一道一道的金边，湖面泛起无数道金光，荷花仿佛在霞光里闪烁。这景象委实难以用语言来形容。我们不约而同静了下来，心仿佛被一种巨大的力量紧紧攫住了。

划回大山村的石桥时，天已经完全黑了。岸边隐隐约约传来干娘、干爷喊我名字的声音。这是一次难忘的经历。多年之后，陈瑶湖里那清幽的荷香还屡屡飘进我的梦境。

一九八三年，我们一家因父母工作调动去了长江边的一座小村庄——凤凰洲，不得已离开生活了多年的故乡。凤凰洲离我们村约有五十里路。走的时候是冬天的一个早晨，一辆大卡车装满柜子、床、棉被等，就上路了。姐姐秋天就上大学去了，我们一家五口挤在驾驶室后排座位上，寒风从车窗户的缝隙钻进来，使人不禁打了个寒噤。妹妹刚上小学一年级，懂事了，不再像往常一样吵吵闹闹。我和妹妹不由自主地挤在一起，似乎这样就能一下子暖和起来。车子沿着干滩南岸边的沙石马路颠簸着前进，山峰、树林、村庄、干滩、石桥一点一点摇晃、后退。冬天的干滩已经干涸了，裸露的河床和干滩北岸收割后空旷的田野充满了萧索的气息。再见了，干滩；再见了，石桥；再见了，桦树塔，梨园，村庄……

这一别就是十年。以前，在风磐村我们是个大家族。随着我们家辗转去了凤凰洲、铜陵，大伯、三姑、小姑相继去了枞阳县城，老家已经没有什么直系亲人了。奶奶去世早，爷爷由各家轮流赡养。爷爷七十岁以后，开始考虑身后问题。爷爷不愿意火葬，还是希望身体完整地躺在棺材里，葬在风磐村的祖厝坟地。因此，他宁愿一个人住在风磐村的老屋，偶尔会去子女家住一段日子。一九九三年的春天，我因看望爷爷（看爷爷自然不能说是借口），想看看干滩、桦树塔、梨园，再到干娘家看看也是重要的原因，回到了阔别十年的故乡——风磐村。第二天一早，去大山村看干娘。走过那座石桥，两岸的桃林和梨园早就没了，代之以一栋栋单元住宅，还有不少独门独户的楼房，看上去挺气派的。站在石桥上，我端量着暌别十年的干滩。干娘家门前的大桦树还在，隐隐有一种绿意，大麻石仍水牛状卧在那里。两岸的野花星星点点，在略带寒意的春风里瑟瑟地开着。正是春水发源的时节，耳边传来河水“丁丁零零”的声音。然而，使我大为吃惊的是，昔日清澈见底的河水变浑浊了，变成一种夹泥带沙的赭黄色，平坦的河道也到处都是坑坑洼洼，看得出是人为采掘的结果。到干娘家，把东西放下，聊了一会儿家事，问干娘干滩的水怎么变成这个样子了，干娘说，都是采沙厂干的。现在县里、市里到处盖房子，沙子值钱，风磐村、大山村开了好几家采沙厂。家门口边的沙子挖得差不多了。沙子一挖，岸边和地下的泥就跟着河水一起淌，现在河水脏了，已经没人吃了。

二〇〇五年的冬天，九十五岁高寿的爷爷去世了，按他的遗愿葬在祖厝坟地。翌年清明节，我回风磐村做清明，专门去大山村干娘家住了两天。而这一次看到的干滩的景象较一九九三年更让我惊诧，让我感到沉重：大麻石只剩下空空的一个大坑，像牙齿被拔了的空洞的口腔。大桦树还在，棕红色的根须四面裸露出来，树枝上零零散散地萌发了一些叶子，显出病恹恹的样子。石桥下的水窝子乱七八糟地堆满了石块、预制板等建筑垃圾，无数根钢筋伸出水面，像一双双溺水的求救的手臂。因为早春，河水表层尚有一些洁净，但与水下墨黑色的淤泥形成鲜明对比，河面散发出一股动物尸体腐烂的臭味。两岸杂草、芦苇丛生，有一种杂草的名字我叫不出来，但我知道越脏的地方这种杂草的长势越好。岸边堆满了生活垃圾（卫生纸、塑料袋、烂菜叶之类),部分浸泡在水里,风一吹随风乱飘。

我的脑海里不断闪现着"满目疮痍"这四个字。

因为时间还充裕,我找儿时的发小了解了情况(大部分和我一样早就离开了村子,还住在村子里的不过四五个人,其中阿来现在已是风磐镇的副镇长)。他们告诉我,造成面前这种局面有以下几方面原因:一是无限制的河沙开采。沿河几个村子有十几家采沙厂,设备简陋,开采无度,而且是不带任何保护措施的破坏性开采。部分沙厂将开采点设在上游,直接污染了水源。二是预制板厂林立。预制板厂与沙厂属上下游企业,预制板厂的主要原料是水泥、钢筋、黄沙,且耗水量大。生产过程中,黄沙可由沙厂供应,耗水则就地取材,工业废料、废水直接倾入干滩,进一步加剧了水污染。三是这些年按县里的统一规划,村子里建了很多新式农民小区,分散的、单门独户的农民搬迁到盒子式的单元楼。和城市里外观一模一样的小区是建起来了,但是排污系统、垃圾清理跟不上,结果生活污水、脏水直接排入干滩,使干滩的污染雪上加霜。针对上述情况,近年县、乡政府采取了一些举措,但"污染容易治理难",仍是无法根治。

村子里已经通了自来水，水厂自陈瑶湖湖口取水，但这水再也喝不出往昔那种甜丝丝的味道，反倒有一种说不出的异味。以前，村子里极少有得癌症的。我在村子那么多年，只有张建的父亲是得肺癌死的，其他的老人都是在自己家里的床上寿终正寝。而最近几年，得食道癌、胃癌的人渐渐多了，我判断，可能是这水出了问题。

我伫立在春天的河岸，久久无语。

中华民族自进入农耕时代，逐水而居是生存常态。关于水对人类的重要性，已不需赘述。现在我们寻找外星球生命，唯一的判断依据，就是这个星球（不管是太阳系还是银河系的）是否有液态水分布。这是生命诞生、繁衍、存续的基本条件。仅从这一点，我们即可知道，对水的伤害就是对人类自身的伤害。这种伤害已经变成了现实。以至于现在发现一处洁净的水源，就要迫不及待地广而告之，并通过商业化的运作将清澈的水变成利润。曾经有一则新闻报道，一位市民愿意出十万元的赌金，赌该地的环保局局长敢不敢下河游泳。我觉得这不仅仅是“黑色幽默”。“地球上的最后一滴水，将是我们的眼泪”，这是最让我动心的公益广告。而假如它变成事实，即使我们泪流成河，也兑换不了一滴干净的水。

读过一篇关于河流的文章，作者说："流，既是水的仪表，又是水的灵魂。一条有远方、有里程的河，才算真正的河。"这句话美则美矣，却没有真正地击中肯綮。不管是奔腾咆哮的江水，泥沙俱下的河水，还是一平如镜的湖水，波澜不惊的井水，首先必须干净。干净的水才能供人饮用，才能喂猪喂鸡，才能灌溉田地，才能孕育万物。一条流着脏水的河，里程越长，危害越大。流水未必不腐。我曾见过一条河，在河的上游建有无数个造纸厂、皮革厂、化工厂，污水管道直接通到河道，黑色、赭红色、黄褐色的水流汇在一起，缓缓向前流动，站在远处看，真像一条"五彩河"。假如不明就里，还以为那是一道别致的景色，会引发文人墨客的讴歌。

一位诗人在《重建一条河流》中这样写道：

拿来——清澈的、浑浊的、纤细的
宽阔的或波澜不惊的
水，必须是干净的
拿来——红柳、水蓬、羊齿苋
马莲花或者苦蒿
这些穷亲戚，它们卑贱的命运和身子
一一安放两岸

拿来——先人的骨殖，牲畜的蹄印
昆虫的翼，卵石般一再濯洗
使它们发亮，而后归于河流，沉为泥沙

是啊，多么质朴而又深刻的道理：“水，必须是干净的。”我想，诗人必定和我一样，有过目睹一条河流由清澈变为浑浊、由洁净变为肮脏的经历。而现在，我们又怀有同样的愿望：重建一条河流，让它的水清澈得可以濯洗昆虫的翼。是的，我们不愿意河流哭泣着、呜咽着从我们的梦中流过。

梨　园

“快出来!”

窗户底下是玩伴阿来在叫我。

“嘘——小声点。”我蹑手蹑脚走出小房间,趿上拖鞋,轻轻从在堂屋竹床上午睡的父亲旁边绕过去。屋后的窗户下,经常一起玩的五个人都齐了。

“偷梨去!”大家不约而同地说。

偷梨难度倒不大,问题是有一个看梨园的红脸老九。老九是村里的弹弓高手,指东打东,指西打西,一手射技玩得神出鬼没。正因为如此,大队书记才让他看梨园。

知了的叫声拖得很长。正是梨子熟的时候,老九必定在。去还是不去？黄澄澄的梨子在每个人的眼前晃，晃得好像要掉下来。去！

梨园静悄悄的。我们搭人梯翻过墙，猫着腰上了树。阿来骑在墙上望风。

“你妈的！”老九的骂声炸雷一般响起来，接着“子弹”（石子）擦着浓密的树叶“嗖、嗖”地飞过来。我们惊慌失措地溜下树，逃出梨园。

结果，我们一共偷了三个梨——两个青的，一个黄的。阿来和我翻墙摔了一跤，膝盖跌青了。大卵子头上、二伢肩膀上各中了一“弹”。大卵子淌血了，血从脸上挂下来，用手一抹，弄得满脸都是血，像是身负重伤的样子。我们找了一把蜘蛛网上的灰，按在伤口上。止血了，大卵子也就不抽抽噎噎了。只有狗丫浑身上下完好无损，因此我们一人一口分梨的时候他少咬一口。

分吃了梨子，我们一起去干滩玩水、摸鱼。这一玩，快天黑了才想起回家。暮色里，父母们站在村口焦急地喊着各自孩子的名字：“大卵子——”“三子——”“狗丫——”

不用说，偷梨、玩水的事都被父母知道了，每个人被领回去后都挨了打。几分钟以后，约好似的，一阵阵嚎哭声、求饶声从村子里爆发出来。父亲脸都气青了，拆掉竹床的横档，朝我劈头盖脸地抽过来。母亲装作没听见我的呼救声，悄悄在厨房里热晚饭。

我腿上挨打的疤痕一个夏天没消。

梨园，坐落在村庄的北边、干滩的南畔。整座园子占地四五亩，一百多棵树，四周用半人高的泥坯砖围起来。墙上的茅草一年年枯了长，长了枯，细长的枯叶披散下来，使围墙变成一座草墙，从外面踮起脚只能看到梨树树梢。假若是春天，杂草疯长，野花葳蕤，相映成趣。梨园中心有一座用刨花板搭的木屋。屋顶铺的是晒干的芦苇、茅草，经常有棕色的松鼠在草丛中蹿来蹿去。抽下竹篱笆的横档，用铁丝绑在一起，扣在屋门边，风一吹，“哐当、哐当”响。木屋隔成三间，看梨园的老九占了一间，三个下放知青——两个男的、一个女的，占了两间。秋天，梨树只剩下半绿半黄的叶子，偶尔剩下一两个没来得及摘或漏摘的梨子，干瘪、失水，果皮泛黑，咬一口像咬了棉花一样。冬天，梨树叶子都落光了，只剩下光秃秃的黑色的枝丫，梨园显得空寂、落寞。秋天和冬天，我们很少去梨园。

梨园最美的时候，当然还是春天。

“忽如一夜春风来，千树万树梨花开”，这句诗把雪花比作梨花，实在传神极了。梨花不像斗霜傲雪、芳香四溢的梅花，也不像云蒸霞蔚、风华绝代的桃花。梨花开得毫无征兆，有点让人猝不及防。昨天，梨园还是嫩叶满枝，花苞还隐在枝头叶间，像故意藏起来不让人看见似的。今天，梨园里漫天雪白，一夜春风把所有的梨花都吹开了。除了黝黑的树干和赭黄色的泥土，放眼望去，再没有别的颜色。梨花不是一朵朵、一枝枝，而是一簇簇、一团团，像雪花密密匝匝地压在枝头，风一吹，飘散的梨花花瓣好似雪花飞舞，满世界都是梨花在飞。那一瞬间，梨园就像是整个世界，一下子变大了、变空旷了。如果赶巧，梨花的花期赶上一场春雪，那就更绝了：积雪压在枝条上，枝丫沉甸甸地坠下来，梨花从雪花的缝隙间探出来，凑近去，只有从嫩黄的花蕊还能辨别出哪是梨花、哪是雪花。一抬头，雪花和梨花浑然一体，分不清哪是梨花、哪是雪花。

梨花的花期特别短，好像一阵春风就开了，一场春雨就谢了。

我们去梨园，倒不是为了梨花。小青总说我们在糟蹋梨花：趁着风起，朝梨树干猛跺一脚，下一场“梨花雨”；树枝扳得到处都是，梨花瓣踩到泥里，一半白一半黄；攥一把梨花在手心，当雪球互相扔。我们去梨园，是为了小青。

小青是上海下放知青。小青后来和我们说，她下放时选公社，因为路过时看见我们村有座梨园，就选了这个地方，和梨花做伴。两个男知青，我不知道他们的名字，或者是现在想不起来了，权且用甲和乙来代替吧。甲、乙也是上海下放知青，甲是个“四只眼”（戴眼镜），皮肤白，个头不高，像个白面书生。乙不戴眼镜，个头比甲高一点，比较结实，皮肤有点黑红。甲、乙和小青是高中同学，他们都喜欢小青。因为这个，他们追随着小青下放到我们村，住在小青隔壁，像小青的两尊守护神。

小青个头比我们高不了多少，体态娇小玲珑。眼睛大而清澈，单眼皮，皮肤特别白——是村里人从未见过的那种白，面部轮廓有点像后来风靡一时的日本影星山口百惠。在木屋，我们第一次知道除了绵延的大山，这世界上还有飞机、轮船、西洋建筑，飞机像大鸟一样从城市上空飞过，向着目的地俯冲下来，稳稳地停在地面上。白色的轮船像白鲸一样在黄浦江上驶过，激起的大浪拍在江堤上轰鸣作响，碎珠四溅。外滩上有和童话中一样的几百年前修建的万国建筑群。这些我们见所未见、闻所未闻、想象中的事物，小青曾日夜与它们相伴。

小青的肖像画画得特别好。她经常让我们老在一起玩的几个伙伴给她做模特。我们既新奇又高兴又紧张，争着抢着将板凳往自己身下挪。小青将画好的肖像画钉在墙上，往后退两步，端详着。我们在一旁叫着、笑着，都说自己的画最像。作为长时间保持不变的坐姿或站姿的奖励，小青有时给我们一张香水卡片，有时给我们几颗奶糖。奶糖是带一点黄的乳白色，糖果纸里面还有一层可以吃的薄膜。香水卡片比扑克牌小一点，散发着一种水果香，里面有人物、风景。我们嚼着奶糖，看着卡片中的人物：《水浒传》中的一百零八将，《三国演义》中的关公、赵子龙，《聊斋志异》中的女狐。我尤其喜欢画有女狐的那套卡片，自己学着描摹，一个暑期下来描了厚厚一沓信纸的狐狸精。小青说"画得不错"。我们在小青面前谁都不愿意输。一个人被小青表扬的时候，那一定是其他几个人郁闷的时刻。好在小青有一双"慧眼"，分摊下来，每个人的兴奋和郁闷大致相同。不过，比较起来，可能因为我有点课外阅读量，小青表扬我的时候居多。

狗丫他们妒忌的神情让我很骄傲。

平时，我们基本上书包一放就去了梨园。除了当模特，我们还负责给小青跑腿，买牙膏呀，买盐呀，打酱油呀之类的。对我们来说，这是多么光荣的任务啊。小青给予我们的信任，对我们又是多么重要。梨花盛开的时候，小青领着我们去看梨花，还要我们爱惜梨花。在梨树下，小青转了一圈，问，谁能背写梨花的诗。显摆的时候到了，我那时大概能背《唐诗三百首》中的一百多首。可我想了半天，也只有“忽如一夜春风来，千树万树梨花开”，小青说这是雪花诗不是梨花诗。狗丫、大卵子都说是的，这不算梨花诗。我气恼地朝他们俩大叫：“你们说不算，你们背背看。”我又背“春眠不觉晓，处处闻啼鸟”，小青说落的未必是梨花，更有可能是桃花。我的脸一下子红了，绞尽脑汁也想不出什么梨花诗了。可恨的是，甲和乙站在一旁哈哈大笑。

小青瞪了他们一眼，背道：

梨花淡白柳深青，
柳絮飞时花满城。
惆怅东栏一株雪，
人生看得几清明？

小青的声音有些怅惘。甲、乙刚刚敛声屏息，这会儿又拍手叫好。甲不断地扶着自己的眼镜，好像是眼镜在耳朵上挂不住要掉下来似的。乙双手插在口袋里，目不转睛地看着小青。转过头来看到我们的时候，他的脸上又露出厌恶的神情。和甲、乙不喜欢我们一样，我们也不喜欢甲、乙。甲嘛，“没有男子汉气”，这是小青说的。乙嘛，“没有才华”，这也是小青说的。他们俩和我们之间似乎有一种隔膜，对我们总有些鄙视的神情。他们的语言没有流露，可他们的神态、举止流露了。他们看我们像是在俯视，他们喊我们的名字像是在吆喝牲口。小青就不一样了。小青给我们讲过大上海，小青给我们画过素描，小青还借给我们很多书看。不要以为小孩子什么都不知道，其实我们什么都懂。况且我们明年就要上初中了，也不算小孩子了。

在我们的心里，他们俩都配不上小青。

如水的月光笼罩着梨园，一棵棵梨树像一棵棵月光树。月光先从树梢流淌下来，流到树腰，流到根部。月光滴到树冠上的浓密的树叶上，似乎发出了滴答滴答的响声。月光又从树叶流到地上，满地碎银般的亮点，那是滴落、溅碎的月光，是流泉般的叮咚叮咚。夜越深，月光越亮，月色越浓。浓浓的月光像河流一样缓缓地漫过梨园、干滩、桦树塔、稻田、村庄，流声缓缓喑哑下去，低沉下去，以至于静谧、虚无。

夜虫唱起来了，它们的鸣声一阵一阵盖过了水流的滴答滴答、叮咚叮咚，像一颗颗石子，搅碎了月光河的静谧，激起了一圈圈的涟漪。萤火虫东一只西一只地在树丛中像一根针一样穿来穿去，拉出了一道道银白色的闪烁的弧线，恍惚间有千万只萤火虫在穿巡、翻飞。梨树丛又像嵌上了一颗颗细小的星星，风一吹过，星星纷纷落下。

梨子成熟的夏季，我们放暑假了。春天、秋天、冬天，老九只是象征性地每天来园子里两趟。夏天，老九整天守在园子里，晚上搭一张凉床，挂一顶帐子，睡在木屋里。即使是睡下了，耳朵也警觉地聆听着园子里的动静。自偷梨、玩水挨了暴打之后，最诱惑人的夏天我们也没胆去梨园偷梨了。可是，梨园里的木屋对我们的诱惑，要比黄澄澄的梨子大得多。刚放假的那几天，我们每天都“鬼鬼祟祟”在草墙外转来转去。让我们没想到的是，小青居然说通老九，同意我们进梨园，条件当然是不许偷梨。进园子的时候，老九用狐疑的目光打量着我们。小青说，放心吧，她可以打包票。

那个夏天，我们真没有偷梨。

故事会、朗诵会、游戏……有月亮的夜晚，我们围成一圈，在木屋前的空场上开“联欢会”。小青当报幕人，我们轮流表演节目。甲朗诵了普希金的《致凯恩》，乙唱了一首《三月里的小雨》……他们的声音在夜里随风传得很远。我们坐在地上静静地听着。轮到我们出节目，大家你推我我搡你，笑成一团。在小青的指挥下，我们五个人站成一排，参差不齐地唱了一首《让我们荡起双桨》。伴随歌声的节奏，甲、乙邀请小青转着圈子跳起了“水兵舞”。老九一直在边上抱着双手饶有兴趣地看着，月光下看不清他的神情，但我们能感受到他的诧异、新奇。

冬天，农闲的时候，他们回上海了。那段日子，我们每天都沿着梨园边的小路走一趟。梨园静悄悄的，偶尔有几声鸟叫。大风吹过，木屋屋顶上的茅草在风中翻飞。我们心里空落落的，像木屋一样空落落的。

春天，他们一起回来了。这是他们在梨园的第二个春天，但也是最后一个春天。当然，这是我们后来才知道的。

大队书记是个黑脸汉子。他走路时背着双手，腆着肚子，头抬得老高，整天在村子里东逛西逛，大家都说他像“干部”，有“干部”的派头。以前，书记认为村里人的思想觉悟和他不在一个层次。自从知青来了之后，书记一下子找到了做思想政治工作的对象，英雄有了用武之地。书记尤其喜欢和小青“促膝谈心”，每每来到梨园，就撵鸡似的轰我们走。书记对小青说接受贫下中农再教育，除了下地干活，首先就是接受他的思想政治教育。书记象征性地背了几句毛主席语录作为开场白，随后问的都是他好奇的事情：外滩是什么样的，有没有外国人，马路有多宽，能走几辆驴车，坐飞机头晕不晕，最后问小青有没有永久自行车的指标，有就给他弄一个。书记家“烧锅的”（老婆）腰身特别粗，上下一样，像只水桶，我们都叫她“水桶”。有人给“水桶”吹风，说书记天天往梨园小青那儿跑，可得看紧点。书记在家是有绝对权威的，“水桶”在书记面前一直是低眉顺眼，小心伺候。一腔妒火在“水桶”心里火烧火燎了一阵子，一天傍晚，“水桶”杀到梨园来，一路骂着“勾引我男人的不要脸的狐狸精”，小青气得直哆嗦，脸色煞白，泪水在眼眶里打转。甲气得脸色更白了，想张嘴骂又不知道骂什么。乙拿根棍子准备冲上去，小青一把拉住他。

“水桶”眼见讨不了好，一路骂骂咧咧地走了。

发生了这件事，到了秋天，小青的父母来了，提前把她接回去了。过了几个月，甲、乙也回上海过春节去了。

第二年的春天，梨花又开了，可他们仨没有来，再也没有来。

我们就这样和小青分别了。

分别是我们早就预料到的。我们为分别准备的话语，已在心里温习了无数遍。还有我们准备送给小青的礼物：我们将卖牙膏皮、鸡毛的钱你五分我一毛地攒起来(有一段时间，我们挤牙膏挤得特别多，刷牙也比平时勤快得多)，买了一个相框，准备将我们的合影送给小青。可她来去那么匆匆，那么突然：好像一阵春风，梨花开了，她来了；一场春雨，梨花谢了，她就走了。这和我们想象中的分别差距太大了。没有拥抱，没有感伤，没有临别合影，什么仪式都没有，似乎连分别本身都没有，似乎我们的生命中没有过这一场梨花的开放。

后来，村庄要实施“新农村”建设，草棚拆了，梨树砍了，草墙推了，梨园荒废了。荒废的梨园上又建起一幢幢火柴盒式的“农民小区”。后来，老九老了，弹弓也拉不动了，变成了一个笑眯眯的和善老人。书记也不再整天背着手东逛西逛，而是像村子里其他老人一样，眯着眼偎在墙根下晒太阳。后来，我们就长大了，一个接一个地像鸟一样飞出了村庄。

桦 树 塔

桦树塔就是夹在干滩和梨园之间的一片桦树林。

这些桦树属于黑桦，落叶乔木，总共有一百多棵，除十来棵长在干滩北岸，其他均分布在干滩南岸，相传是洪杨起事（太平天国运动）时，由岸北岸南两个村子的老一辈人种下的。和干滩一样，我至今不明白，为什么把这片林子叫做塔。大部分桦树高约数丈，最高的几棵有十几米，树干笔直，树身黝黑，虬结突出，夏季浓荫蔽日，秋季落叶飘零。黑桦树材质坚硬，树心红褐色，边材淡黄色，可以做屋梁、椽子和农具的柄。我不知道是否还可以做成死后躺进去的棺材——村庄有重生厚死的传统，一口好棺材，是村子里人最后的牵挂。

起大风的时候，姐姐总要去桦树塔耙树叶。桦树叶烧起来特别旺，不像别的树叶，比如梧桐叶、柳树叶，点着的时候冒浓烟，呛得人直咳嗽。母亲经常说，烧桦树叶做一顿饭的时间比别的树叶要短。我们家距离桦树塔不过五分钟的路程。外面起大风呜呜响的时候，姐姐就背上一只背篓，带我一起出门。我们从学校的西门，穿过一条通往桦树塔的小路。小路的两边是一望无际的麦田，麦子长得旺盛。风吹得麦田起了一层层的麦浪，一会儿倒向一边，一会儿弹起来似的倒向另一边。风是隐在麦浪后面的一只大手。麦浪的声响似乎是巨大的，而我们走在麦浪当中，又似乎是安静的。盛夏的麦子已结出了沉甸甸的麦穗，不堪重负似的垂了下来，风吹来的时候垂得更低了，摇摇欲坠。我们的个头刚好比麦子高一点，由远而近的麦浪一层一层向我们袭来的时候，我们走得趔趔趄趄，就像小船在浪中飘摇，麦浪好像要将我们卷走，姐姐两条长辫像船帆一样在风中乱舞。

桦树塔在大风中发出的声音从远处听有些沉闷，那是一种内在的、有点压抑的声响，类似于流经千沟万壑的松涛，又有点像河流在河床上缓缓流过的呜咽。那是一种事物质感的存在。它在提示我们它的恢弘、寥廓。走进桦树塔，就像进入了一个事物的内部，这和它的外表大不相同，就像果核与果皮的差别。桦树塔发出的声响就在头上，一下子变得清脆起来。树叶和树叶碰撞在一起，既像是调皮的孩子抱成团笑着往下蹦，又像是泉水流经碎石发出的丁丁零零。树林蓊郁，风吹过，皮肤好像水流过一样，让人忍不住要用手抹一把、甩一下。桦树塔的内外如此不同，让我多年以后回忆起来还有几分惊诧。

姐姐放下背篓，竭力想用耙子把树叶拢到一起。可是风太大了，刚刚拢到一起的树叶哗一下飞起来，像一群受惊的鸽子，旋舞着飞上天空。姐姐放下耙子，坐在地上哭起来。我手足无措地站在一边，不知道该怎么安慰姐姐。我们像两颗被风抛弃的种子，抛到了很远很远的地方。风刮了多久，姐姐哭了多久，我已经不记得了。我只记得风的声音，由远而近，由近而远，最后风的声音渐渐低下来，细下来，就像呜咽的人得了安慰而渐渐止住了哭泣。风停下来，世界也就静下来了。姐姐抹抹眼泪，嘴角浮现出笑容，站起来开始耙树叶，树叶一堆一堆地拢起来，一会儿就像一座小山包了。

大风停下来，我开始在树林里逮天牛，扑蝴蝶。桦树塔里的天牛角特别长，天牛的头部一伸一缩，两根长须就像戏台上唱戏人的花翎摇来摆去。天牛的嘴像一把大钳子，不小心夹着手比挨竹条打还疼。我将天牛一只一只地放进墨水瓶，一不小心被一只天牛蜇了一下，痛得大哭起来。姐姐已经走远了，听不见我的哭声。她拢起的一堆堆树叶跟着她，像是她做的记号。

这时候，一群白蝴蝶飞了过来。六七年以后，上了初中学了生物，我才知道它们的学名是菜蝶，幼虫为菜青虫，无脊椎动物，鳞翅目，对农作物有害。而我当时也不知道，青菜叶子上锯齿状的小孔就是菜青虫咬出来的。父亲偶尔去买菜，一把青菜中间夹了两棵虫子咬的，母亲就会嘀咕：又买了虫子咬的。而现在，虫子咬过的菜，被视为没有打农药的有机蔬菜。虫子倒要为它腹中的食物作证了。我更想象不到菜青虫会破茧变成美丽的菜蝶。虫子和蝴蝶，一个在地上或草上爬，一个在天上飞，它们有什么关系？它们是同一种生物？为此，“破茧”这个词深深地植进了我的记忆。

这群白蝴蝶出现得有点诡异，不知道它们是从哪儿飞出来的。大风刮来的时候，它们藏在哪儿？如果停在树叶上，早被风刮走了。树叶有茎秆连接着树枝，有些尚且被刮跑了。而它们纤细的足、薄的羽翼可以依附在哪儿呢？没听说蝴蝶栖在山洞里，况且山洞那么远，飞到桦树塔需要不少的路程。但它们就这样飞过来了，绕过树干，到了我的眼前。我不知道该怎么形容它们，任何譬喻都不能说出它们的原生态。我跟在这群白蝴蝶后边走，它们飞上飞下，飞前飞后，总飞不出桦树塔。我离它们很近，近得似乎一手就能攥住，可是又永远无法抵达它们，像永远无法抵达自己的内心。最后，这群白蝴蝶像受惊的马群似的，忽地向天空飞去，隐入桦树浓密的树叶中，不见了。它们倏忽消逝，我不知道它们飞到哪儿去了，就像不知道它们从哪儿飞来一样。

不知从哪一年起，姐姐再不去桦树塔耙树叶，我也无法再跟着去。干滩两边的大山村、风磐村两个村子，为这片桦树林打起来了。当初种桦树的老一辈人已经不在了，谁也没有在树上做标记，标记这棵树是属于大山村还是风磐村的。大部分树种在岸南边，可是两个村子都有份。风磐村以树林在岸南、离风磐村近为理由，要占去桦树塔的三分之二。风磐村是个家族村庄（以周姓、余姓为主），我们家作为家族的成员之一，却认为这个理由站不住脚。两个村子的青壮年劳动力都上阵了，妇女负责送饭、运“弹药”（砖头、石块、农具之类）。几天前，父母就告诉我们哪儿都不能去，不能出校园。姐姐耙的树叶已经快堆到屋顶了，几个月不耙树叶和草也不会断炊。真正打起来是在一天早上，我们围在一张大桌上吃青菜泡饭，妈妈又用鸡蛋和面给我和妹妹每人摊了一个粑粑（方言，指饼类食物）。我们还没吃完，嚎叫声、打斗声冷不丁地响起来了，清晰地传进我们家的屋子里。母亲赶紧将门闩上，我们停下吃饭的勺子，望着母亲，谁也不敢吭声。械斗整整持续了三天。那三天里，我们每天听到呐喊声、嚎叫声、砖头和石块在空中擦过的声音，我们从声音里辨别受伤的人，有些我们认识，有些很陌生。奇怪的是，这些声音在我听来总像是从遥不可知的地方传来的，像是古代的一场战争，将战场设在了桦树塔。械斗在一天下午突然结束了，世界一片死寂，像任何事情都没有发生过。

械斗对两个村子的打击是沉重的。虽然没有出人命，但参加械斗的人都受伤了，没有谁毫发无损，不少人为此落下了终生残疾。西头的铁匠老余一只耳朵被木棍打中，耳膜破裂，聋了。后来他听人说话总要将他另外一只没有受伤的耳朵凑过去。建国的腿筋（韧带）被砍断了，一条腿瘸了。大山村那边受伤的具体情况不详，据说比我们村还严重。从受伤程度来比较(这在当时几乎是家族械斗胜负的唯一标准),我们村是打赢了。械斗的结束是因为公社介入了。公社书记接到报告,说再不管真要出人命了。公社干部直接带民兵荷枪实弹地过去了,两边的人见了干部和枪,事情就这么一下子平息了。公社干部做主,这片林子两个村子一边一半,而且立即给伐了,不留后患。因为是单数,最后还剩下一棵没砍,自由自在地长在那儿。前年我回去做清明,这棵树还在,孤零零地立在那里,高大、肃穆,像是桦树塔的墓碑。

童年蒙太奇

夕阳呈一道弧线下坠，一开始速度非常快，快得像玻璃球弹进球洞。到了山口上，慢下来了，凝止了。

仿佛是山峰将夕阳托举起来，展示自己无比巨大的力量。

山峰真是一个力大无比的巨人。而衔在山口上的夕阳似乎要和山峰较劲，摇摇欲坠，光芒强烈地迸发出来。每下坠一分，光芒便强烈一分。

牛还在草地上吃草。牛背耸动着，夕阳便在牛背上跳来跳去。有时牛为驱赶趴在身上吸血的牛虻，将角高高扬起向身后一挑，夕阳便被挑碎了，流溢得遍地都是。

妹妹从草地上奔跑过去，骑在牛背上。我坐在低处的田埂上看，夕阳仿佛又变成了妹妹头上的一幅贴画。

谁也抢不走的一幅贴画！

可夕阳到底还是一点一点地坠下去了。而山峰不再与夕阳较劲，恢复了它的沉默、肃穆与威严。小路上传来了村子深处母亲悠长的喊声：

“三子，四子，家来哦，吃饭喽……”

山下河水潺潺的流动声，牛不紧不慢走在归途上的哞哞声，鸡鸭回窝时的咯咯、嘎嘎声，狗在院子里欢蹦乱跳的汪汪声，锅碗瓢盆在厨房里碰撞出的乒乒乓乓声，围在一张桌子上吃饭的嘤嘤嗡嗡声，还有谁挨了打突然爆发出来的嚎叫声，无数种尘世的声音糅合在一起——这是回忆起来会让人泪流满面的声音！

橘黄色的灯光将村子点亮，村庄在月色里绽开了。夜晚的村庄又安静又喧闹。月亮是村庄的守护神，亘古如斯。萤火虫是月亮派来的使者，提着一盏小灯笼，飘飘忽忽，高高低低，在树丛中，在院墙上，在井沿边，拉出一道道银色的弧线。

它们向高远天空飞去的时候，一定是回到月亮里去了。

灯光依次关闭的时候，村庄合上了双眼，像花朵合上了花瓣，在月色里做关于花蕊的梦。偶尔有狗在深巷中，莫名地吠了几声。

月光更亮了。

这是我们在稻场上做游戏的好时光。村外的篮球场大的一块地方，平时是碾谷子的地方。我们分成两队，拿红领巾蒙上双眼，笑着、叫着朝对方跑过去，呼啦啦倒了一片。没倒在地上的就是胜者，挨个重来。

风把我们的笑声带到很远很远的地方。

稻田黑魆魆一片，风吹过的时候，我们看不见一阵一阵起伏的稻浪，可那窸窸窣窣的声响还是像微波一样漫了过来。我们身上一阵凉爽，禁不住打了个寒噤，好像一个鱼跃跳到河里。田埂上的青蛙呱呱呱叫个没完。我们拿石子扔过去，一片扑通扑通青蛙跳进稻田的声音。

一只大火球（球形闪电）从稻田上缓缓滚过来，又朝着梨园的方向滚过去。我们追在后面，追到梨园边上，不见了。

我猜，大火球应该是滚到河里，熄灭了。

大人们说后山有狼，狼的嗥叫听起来像婴儿哭。可童年的睡眠总是那么香甜，童年没有噩梦。清晨，我听到阳光撞在窗玻璃上叮叮咚咚的声音。一睁眼，太阳像一位白胡子爷爷站在窗前，和我画在纸上的一模一样，笑容可掬，和蔼、慈祥，眼睛还顽皮地眨了一下。

几年之后，我爬上后山看日出，看到一轮红日从地平线上喷薄而出，万物祥和，不由诗兴大发，提笔在纸上写下一首小诗《微笑》，妹妹说这是我迄今为止写得最好的一首诗：

小草用发芽，
向大地微笑。
小花用开放，
向天空微笑。
我用爱，
向你微笑。

露天电影

放《天仙配》的时候，是在炎热的夏天。傍晚，夕阳将坠未坠，天光还是亮的。我端着碗在门前的空场上吃饭，看见隔壁的大人们一人手里提着一只板凳急匆匆地往大会堂的方向走，我就知道今天晚上一准会放露天电影——这几乎成了要放露天电影的标志性情景。

那时，父亲还在文化站工作（父亲后来到风磐中学教政治课去了）。文化站自然属于公家，听名称也很唬人，但除了组织一年几次的露天电影，我看不出它和文化有什么沾边的地方。父亲初中毕业考取了安庆师范学院（上师范学校不仅免学费，还发生活费，穷人家的孩子要想接受高等教育几乎都走这条路),是村子里为数极少的有正规学历的机关干部,而且父亲年轻时候身材颀长,戴副眼镜,颇有知识分子的风度。但我认为村子里人尊敬父亲,他的知识分子身份倒在其次,最主要的就是露天电影归他管,包括与镇放映队的接洽、场次安排等。几乎可以说,父亲能够决定村子里什么时候放电影和放什么电影。在物质和精神生活双重匮乏的二十世纪七十年代,露天电影算是村子里唯一的高层次"文化"活动,因此受重视和欢迎程度之高也是可想而知的。

奇怪的是,父亲联络好镇里的循环放映队,确定好我们村的放映场次之后,后面的事就不怎么管了。他从不去看露天电影,也不和我们透露露天电影的信息。有时候我们和村里人碰面,村里人总喜欢问母亲:"问问你老板(方言,指丈夫)啥时放电影?"母亲和我们总是摇摇头,村里人总以为我们有意"藏私"。少了那么多炫耀的机会,这让我很郁闷。我们欢天喜地早早吃晚饭、准备小板凳抢座位的时候,父亲在一旁无动于衷,好像这是跟他不相干的事。这同样让我们很奇怪——试想想,还有什么比看露天电影更有趣呢?他给我们的解释是"懒得去"。不过,一到放露天电影的时候,看管妹妹的重任就落在他头上。妹妹才两岁多。我们去看电影的时候，父亲就让妹妹骑在他脖子上，到处找熟人串门、刮淡（方言，指聊天）。

我一直和大姐、二姐争抢座位的任务。吃完饭，我赶紧放下碗，拿着两只小板凳往大会堂的方向跑。大姐、二姐习惯在屋里吃饭，先机已被我抢占，女孩子出门又磨叽，因此她们注定慢了一拍。等我到了大会堂的空场上时，银幕正反两面已是黑压压一片，嘤嘤嗡嗡的声音像是在开大会，又像是早晨菜市场喧嚣嘈杂的讨价还价声。两根碗口粗的竹竿扎在地上，白帆布银幕已搭起来，挂在竹竿两端。放映机离银幕约有30米远，放映机与银幕的垂直方向让出了一条通道。放映员正在调试放映机器，我们在一边好奇地张望着。我们怎么也不明白，那一个个生动的画面是怎么从这个黑木匣子里蹦出来的。好位置都被大人们占了，他们抽着黄烟，端着大茶缸喝苦茶，有说有笑，不慌不忙地等着电影开幕。我和几个后来的小孩端着凳子想挤到人群中去，结果占了放映通道，放映员大喊一声："挡了放映线了，是不是不想看了？"原来，这条通道就是"放映线"。两边的大人就撵鸡似的轰我们走。我找来找去，找到最前一排，离挂银幕的竹竿只有几十厘米，得仰起头才看得到银幕。电影要到八点钟才开映，先放片花，银幕上的画面和人物影影绰绰地在上面晃来晃去。

我想起要去找妈妈和姐姐。我绕着长方形的人群前前后后转了好几圈，大声喊着她们。尽管我喉咙都喊哑了，可在人声喧哗的空场上，这声音还是微弱得像一滴水消逝在河里。语文老师周老驼坐在人群的左边缘。我从他身边急匆匆地跑过去时，他一把揪住我，问："做啥呢？"我大声回答他："找我妈妈和姐姐！"周老驼用手指了指人群中间，"那不就是嘛。"我挤进去，问姐姐："你们比我还来得迟，怎么坐到中间来了？"姐姐看着我，很得意地说："人家愿意让的。人家看到妈妈来了，就让道了，我也就跟着坐进来了。"姐姐又用手捣捣我，努努嘴说："看前面。"

除了开大会，放电影是全村人聚到一起的场合，这也是青年男女相亲的绝佳地点。夏天天黑得晚，七点多天还是亮的，能看清人的眉目。媒婆（我姑姑就做过媒婆）会提前将需要见面的一对的座位安排在一起。一般说来，都是女的坐前面，男的坐在后面搭话。需要回身的时候，女的也只是偏一偏头，正好可以看到半个面颊，既达到了目的，又保持了一份矜持。村子里的不少对夫妻就是在放电影的场合下撮合成的。姐姐指给我看的一对，女的我不认识，应该是邻村的，男的是下街铁匠老余家的老大，大家都叫他余大。我看到的一幕，正好是那个女的将手撑在板凳上，余大悄悄将手伸过去，握住了她的手心。余大属于膀阔腰圆、力大无穷的那类壮劳力，要换作别人，我早就起哄喊起来了。

我第一次看的露天电影就是《天仙配》，也是第一次接触如此奢侈的“文化活动”。那时要两斤鸡毛才能换得废品站的一本旧连环画。听见多识广的村口老张头说古，就是我们最高级的精神享受。在老张头的说古里，多是狐狸成精、古宅闹鬼等。所以我到现在还能记得这部戏的一些细节，虽然并不喜欢这部电影：七仙女思凡，董永路遇七仙女，槐荫树做媒，七仙女上天庭……当七仙女被王母娘娘召回天庭，董永披上老牛皮、挑着一对儿女追上去，被白茫茫的银河挡住去路时，母亲和姐姐们的手抬上抬下的，在眼角擦来擦去。我以为是天热，可是她们带着芭蕉扇呀。最后姐姐竟抽抽噎噎了，这让我更纳闷了：她到底哭啥呢？我觉得这部电影很没意思，迷迷糊糊地趴在妈妈膝上睡着了，银幕上的光和声音迷迷糊糊在眼前晃。姐姐背我回去的时候，我嘴里不知嘟囔着啥，妈妈在一边说：“别魇着了，回去要喊黑呢。”

我对露天电影的兴趣，还是在于那种热闹的气氛。平时的玩伴都凑到一起，做什么游戏都没人管，只要不干扰别人看电影，爱怎么玩就怎么玩。但我们也有自己最想看的一部电影——《孙悟空三打白骨精》。这是阿来从邻村的玩伴那里听来的。我们谁都不知道四大名著，连环画里也没有《西游记》，但奇怪的是，几乎每个人都知道会七十二般变化、一个筋斗能翻十万八千里的孙悟空。连二郎神也打不过他！因为方言和以讹传讹，孙悟空被我们叫成"手留空"。因此，《孙悟空三打白骨精》就成了《"手留空"三打白骨精》。刚放暑假的时候，就传言要在我们村放这部电影。暑假快结束了，终于把放映队等来了。但是，《"手留空"三打白骨精》还没放到一半，六龄童扮的"手留空"刚打死白骨精变的美女时，天突然下起了大雨。大家将汗衫顶在头上，找避雨的地方，好多人直接就回家了。放映机关闭了，但竹竿没拆，机器用塑料薄膜盖着。我们就在大会堂的走廊里等着。夏天的雨来得快去得也快，不到半个小时，雨停了。我们再回到放映场，银幕上的白骨精却已变成一个老头，一样被"手留空"一棒打死。正当我们叫好的时候，唐僧念起了紧箍咒，"手留空"痛得满地打滚，被赶回了花果山，这让我们又气愤得大骂起来。

多年之后，我陪孩子津津有味地看六小龄童主演的

《西游记》。六小龄童的演技没话说的，颇具其父之风，扮相与六龄童简直就是一个模子拓的，这是题外话。

放映队是在周边几个村子里轮流放映。听说放映队不管到哪个村，都得好吃好喝地伺候着，哪地方伙食好，哪地方放的场次就多。往别的村子跑是很失面子的事，但我们可不管这些，放映队到哪个村，我们就追到哪个村。有些偏远一点的地方，我就吵着要妈妈带我去，且以不吃饭相威胁。妈妈拗不过，答应了，条件是牵着她的手，不准乱跑。于是，有月亮的晚上，我们便趁着月色赶路；没有月亮的晚上，我们便提着小马灯上路，赴与电影的约会。涉水过桥，小马灯格外明亮，有时不知名的小兽或夜鸟突兀地"嗷"了一声，我们立住了，可看着小马灯照出的前面红红的光晕，就一点也不害怕。有月亮的晚上，我会停住脚步，看着天上说："妈妈你看，月亮跟我们走呢。"

老　屋

老屋传了很多代了。

老屋位于村子的中心地带，砖木结构，离周家祠堂仅有数步之遥。据说以前最风光的时候，老屋占去了大半个村子的面积，前前后后连成一片，但在我这一辈见到的时候，只剩下四幢。东头一幢是二爷（爷爷的堂弟）一家的栖身之地，西侧那一幢土地改革中分给了一户贫农（这户人家的一幢大房子里，除了灶台和分的一张八仙桌、两张床，空荡荡的啥都没有）。之所以还能记住这户人家，是因为我和他们家的老四玩得挺好。靠南面还有一幢，屋子北面的墙是和爷爷、奶奶家的老屋共用的，但我和他们家从没打过交道，而且那边总是静悄悄的，好像没住人一样。

爷爷、奶奶家的这幢位于正中间，坐南朝北。爷爷、奶奶还在世的时候，老屋尚能看出几分气势。几拃厚的青砖砌墙，浅灰色的盖瓦一摞摞码得严严实实，老屋足有四五米高。屋里的大梁、椽子、隔断都是木质的，约有一指厚，外观坑坑洼洼但又光滑无比，似乎是用手摸凹下去的。老屋高大、肃穆，被风雨冲刷得遍体斑驳，砖瓦褪色，油漆脱落，充满了时光消逝其中的颓败，又有几分从时光的缝隙里隐隐透出来的森森气象。听爷爷闲谈的时候说，新中国成立前有一座大院将前前后后的老屋全部圈了起来，连水井都在院子里，后来给推掉了(我在水井北面的一片地带寻找过，确实有长方形的隐约可见的一圈砖头茬子，但爷爷说不是)。大院里还有几棵长了上百年的银杏，每年挂的果都有百来斤，也和大院一起被推倒了。后来零零散散栽了一些金钱柳、黑桦之类的，我记忆最深的有一棵香椿树，碗口般粗，五六米高，正对着老屋的大门。每年春天，奶奶都会拿一架梯子，让我站在上面采枝丫上的香椿头。香椿头炒鸡蛋，味道鲜美无比。滴点麻油凉拌，能多扒一碗饭。

绝大部分古民居的朝向都是坐北朝南，老屋的朝向是不是已经预示了爷爷这一辈人家道中落？老屋承载了太多东西，沧桑而又沉重。但是，一茬茬的人走了，老屋还在，还是一座遮风挡雨的庇护所。从正门进屋是一条回廊，东西两侧各有一座厢房，西侧的略大一点，这是爷爷、奶奶平时睡觉的地方。东头的厢房空着，有时候大伯或我们一家回老屋的时候就住这儿，相当于客房。从回廊的偏门进去，就是堂屋。堂屋是老屋中面积最大的地方，有些正式的活动都在堂屋进行，比如请人吃饭、祭祀祖宗等。堂屋北面有一张八仙桌，桌面是大理石的，摸上去凉沁沁的。八仙桌上方嵌套了一张茶几，茶几两侧各摆了一只据说是明代的“花瓶”（我们一直以为是花瓶。爷爷去世以后，我将花瓶拿给鉴宝节目的一个专家看，他告诉我这叫帽筒，即古代官宦回家后将乌纱帽插在上面的摆设，这对帽筒是清朝的）。堂屋东西两侧分别是厨房和天井。厨房里的灶台是砖砌的，一个硕大无比的水缸紧挨着灶台，水缸上的木盖颜色已泛黑，被手磨得油光滑亮。一只葫芦瓢摆在木盖上，有时猫跳上木盖，碰得葫芦瓢滴溜溜地乱转，奶奶就拿一根柴火赶猫。灶口边的柴火一摞摞码得整整齐齐，引火用树叶子，树叶子刚点着的时候浓烟滚滚，从厨房飘到堂屋，奶奶就一迭声地咳嗽。厨房上方用木板搭了一层阁楼，停着两副棺材，每年要上一遍红漆。红漆干透了，颜色泛黑、泛紫，透着幽幽的光。因为这两副棺材，每次我进厨房总有种说不出的恐惧，从来不敢一个人单独进厨房。我知道它们总有一天一张嘴，就把爷爷、奶奶给吃掉了。只有奶奶烧锅的时候，我才敢拿只小板凳坐在灶台边，看灶膛里的火光映红了奶奶消瘦的脸庞。有时候饭快半熟了，奶奶会拿小碗舀“饮汤”（未煮熟的米粒上层的汤水）给我喝，说这东西最有营养了。

老屋最大的缺点是采光不好。屋里总像是天刚麻麻亮的样子，阴雨天则更为昏暗。整座屋仅西厢房有一个书包大小的窗户，堂屋的顶部有一块毛巾大小的明瓦，除此之外都是散发着冰冷气息的砖木墙壁。这几乎是这一带村子里所有老屋共同的特征。西侧的天井并不像皖南地区的古民居，两边有回廊，天井位于堂屋中间，既方便采光，又有聚财、聚气的寓意，而在堂屋西侧开了一道窄窄的侧门，走侧门出去是一处三四平方米的天井，狭长而逼仄，像是给堂屋打了一个补丁。天井用麻石砌成，井底有浅浅的一层淤泥。早上刷牙的时候，能闻见一股隐隐的臭味。晴天，天井的侧门一打开，一道狭长的天光射进堂屋，把堂屋分成了“夜”与“昼”。我特别怕从“昼”走进“夜”，似乎前行的路看不见，回来的路也看不见。因此每次我到老屋，第一件事就是要奶奶点一支蜡烛。奶奶点一支蜡烛摆在堂屋茶几上，老屋顿时明亮起来，比屋外的白昼还要明亮。

事实上，这时候爷爷这一辈已家道中落了。除了老屋这幢房子，爷爷、奶奶一家不比村子里的贫农家庭强多少。奶奶没有工作，爷爷在村子里的国营红旗商店上班，工资每月六元，民政局的抚恤金每月六元，十二元钱养活一家六口，经济上的拮据是可想而知的。爷爷还喜欢喝两口，奶奶变着法子维持一家人穿衣吃饭。有点好吃的，奶奶都是扒到大伯、爸爸和爷爷的碗里，自己顿顿吃腌菜。我五岁的时候，奶奶患上乳腺癌，症状显现的时候已是晚期了。大伯和爸爸送奶奶到上海医治，医生检查以后只是摇摇头，说准备后事吧。从上海回来四个月以后，奶奶就去世了。多年以后，各家的家境渐渐都好了，大伯和爸爸每每谈起奶奶，总是喟叹“树欲静而风不止，子欲养而亲不待”，叹口气，对我们也像是对他们自己说，奶奶吃了一辈子的腌菜。

奶奶去世以后，老屋一下子就空了。大伯、爸爸和两个姑姑相继上学、工作，离开了村庄，成为城里人。只有爷爷对老屋还那么依恋，怎么也不愿离开老屋。随着爷爷年岁已高，生活渐渐不能自理，在大伯、父亲和姑姑的劝说下，爷爷离开住一辈子的老屋，由四个子女轮流赡养。老屋卖了六千块钱，这钱爷爷放在自己的存折上，谁都没给。爷爷说，这是他办丧事的钱。爷爷对火葬是极为抵触的，为此他专门在老家租了一间房子，用来停放自己的寿材。他要四个子女保证：不管住在哪一家，到了他快不行的时候，送他回风磐村，他要躺在棺材里踏踏实实地离开这个世界，去见奶奶。我们遂了他的心愿：二〇〇五年的冬天，大年初四，在老家，在四个子女模糊的泪眼中，爷爷咽下了最后一口气。停灵三天以后，我们将爷爷安葬在祖厝的梅花地，和奶奶的坟挨在一起。下山后，我专门去了一趟老屋，那是老屋的形象在我眼帘里最后一次的定格。从那以后，我再也没有去过老屋。这些年新农村建设方兴未艾，老屋又够不上文物的级别，我想，老屋大概早和其他有碍观瞻的建筑一起被轰隆隆的机器给推掉了。

烛　光

每次到老屋，我总要奶奶点一支蜡烛。

奶奶总是在忙碌，洗衣、做饭、缝补、浇菜、磨面……从来没有歇下来的时候，似乎忙得连和我说话的时间也没有。于是我就和地上的蚂蚁玩，和天井里的乌龟玩。堂屋的北角、放水缸的地方有一个蚂蚁窝，工蚁每天将地上发黄的碎菜叶、被拍死的苍蝇、死因不明的白嫩嫩的毛毛虫搬进搬出，它们比在屋里转来转去的奶奶还要忙碌。每天到了开饭的时候，习惯了我们喂食的乌龟也从天井的石头下面爬出来，脖子伸得老长，歪着脑袋，半天动也不动，像是发出了一个对生活的永恒的疑问。

老屋也是我游戏兼恶作剧的乐园。比如我将蚂蚁们累死累活快运到洞口的玉米粒拿开，蚂蚁们一下子惘然了，随后更多的蚂蚁速度更快地爬进爬出，像在奔走相告一件大事，类似人类遇到了洪水、地震等自然灾害。我将一只大蜻蜓放在蚂蚁来来往往的道上，三四只蚂蚁搬不动，回去搬来十几个救兵，还是扛不动、抬不走。我于是直接将蜻蜓放在蚂蚁洞口，一下子将洞口堵上了，结果，蚂蚁们遭遇了“围城”，外面的蚂蚁想进进不去，里面的蚂蚁想出出不来。还有猛然掐住乌龟的脖子，看它怎样挣扎着将脖子缩回龟壳里去。

时不时地，奶奶会放下手里的活，转过身来看我一眼，笑一笑，慈祥而又蕴含一丝凄苦。在烛光的映衬下，奶奶脸上的皱纹更深、更密了，像收割后的沟壑纵横的田畦。绾起的头发盘成一个发髻，用黑铁发夹别住，白发映射着烛光的光泽，随着奶奶俯身低首偶尔的一闪烁，如目光一般深邃，发射出一种奇异的光芒，似乎洞察了生活的一切隐秘。

奶奶多么瘦小啊，比水缸小，比和面的面盆小，比捧起的柴火小。奶奶从院子里捧回柴火的时候，人隐在柴火后面，就像是柴火在拽着奶奶一步一步地向前挪动。那蹒跚的缠着的小脚，简直连自己的身躯也不能担负……所以，瘦小的奶奶又被柴火压得一点一点地弯下去。弯下来的奶奶似乎比我高不了多少，因为我喊奶奶、和奶奶说话的时候，不需要像和爷爷说话那样仰起头。但奇怪的是，我和奶奶在老屋里的点点滴滴在脑中回放的时候，只有画面，没有声音，像是早期的无声电影——第一画面就是奶奶转过身来看着我笑，慈祥而又有些凄苦，深邃的目光霎时笼罩着我。

我五岁的时候，奶奶去世了。那一天，快黄昏的时候我去了老屋，像往常一样拍门喊奶奶，没有人应答，爷爷、大伯、姑姑，一个人都不在。隔壁的太奶奶（爷爷的婶婶）正扶着墙出院门，看到我，停下来说："你奶奶已经'走'了，现在人都在山上。"我不明白"走"意味着什么：为什么不像平常一样"走"向街巷，"走"向菜园，而是要"走"向山上？过了几天，爸爸告诉我，奶奶去世了，去了另一个世界。我终于明白：原来"走"，就是喊一个人而那个人永远不能够再应答你了。

可能不愿意让年幼的我过早地目睹死亡，出殡的时候，父母没有带我去。第二年清明节，爷爷、大伯、姑姑，还有我们一家，去祖坟烧纸，我才第一次看到奶奶的坟茔。

瘦小的奶奶连坟茔也那么小，不知名的小花在四周瑟缩地开放着。纸灰飞扬起来的时候，像一只只翩翩飞舞的蝴蝶，旋舞着，翩飞着，落在树叶、草地、花瓣上。爷爷、大伯、姑姑、父亲，嘴里念念有词：这些都是烧给你的，都是……长眠在地下的奶奶，贫困了一辈子的奶奶，真能握住这一只只翩翩飞舞的蝴蝶吗？

又过了两年，我七岁的样子，冬天，风传风磐村要闹地震。我们家在学校的房子属于危房，在地震棚没搭好之前搬回了爷爷的老屋。头天晚上搭了个地铺，我和妹妹睡在一起，上面架了一张平时吃饭的大桌子。快入睡的时候，我看见盖在身上的被子一皱一皱，想起了奶奶的坟茔。很快入睡了，夜里梦见奶奶牵着我的手在屋里飞了一圈，飞翔的感觉非常真实。醒了，回味了一下飞翔的感觉，又睡着了。

第二天，我要跟妈妈到里屋睡。半夜里咳嗽咳醒了，吐了一口痰。一抬头，看见奶奶举着一根蜡烛，站在堂屋的门后，看着我。奶奶满脸都是微笑，和平时一样慈祥。那种凄苦却没有了，一丝都没有了，而以一种宁静的幸福代之，目光深邃、柔和。烛光使暗夜温暖、明亮。对视了一两分钟，又睡下了。心里并不害怕，一夜无梦。

吃中饭时跟爸爸、妈妈讲这事，他们都不信，说，小孩子看花眼了。大伯、姑姑只是笑笑，什么也没说。后来，我又和隔壁的太奶奶说起这件事，只有太奶奶相信我，说："你奶奶不放心哩，魂灵回来看你了，好人才有魂灵呢。"

"仁厚黑暗的地母呵，愿在你怀里永安她的魂灵！"

夜 太 黑

乡村的夜黑得没有什么征兆。吃晚饭的时候天还是亮的，我们端着碗在门前的空场上，一边吃饭一边说话。夕阳从屋顶上斜射过来，东边屋檐上的茅草闪着金黄色的光，微风拂过，细碎的光点随风荡漾，晃人眼睛。一碗饭吃完，眼见夕阳渐渐暗下来，从西向东依次熄灭，最后的一束光仿佛在屋脊上颤抖了一下，轻轻地滑下去，黑夜就降临了。而我们的碗差不多也空了，各自跑回灯光已亮起来的家。

假如是有月亮的晚上，不消说，无论是圆月还是弦月，当它从树梢一点一点地升起时，遍地清光如同白昼。可是，没有月亮的夜晚，才真正是属于乡村的黑夜。特别是深秋与冬天，云层厚，天黑得早，村子里的人习惯早早上床睡觉。差不多九点钟，橘黄色的豆油灯光依次从高低错落的屋子熄灭，最后一缕灯光像是村庄的一眨眼，合上了。这时，村庄万籁俱寂。这时的黑夜才是真正的黑夜，说是伸手不见五指，说是黑墨水泼翻在天空，或者像张爱玲的闺蜜炎樱所说的，是盲人的那种黑，似乎都可以，又似乎都隔着一层。在爷爷家的老屋里，我和妈妈、妹妹都睡在稍小一点的北边厢房。厢房有一扇朝北的小窗户，月夜时看白云轻轻滑过是最有趣的事。可是黑夜，一下子将它一口吞没了。我们只是习惯地扭过头去，看着想象中的窗户。自然，我们什么都没看见。而妹妹醒来时常常被漆黑的夜色吓到，一个人坐在床上大哭。

假如有人问少年时的我怕什么，我会说：不是蜈蚣（随便掀开一块砖头就是），不是蛇（草丛里常常出没），也不是狼（后山多的就是狼，有时缺食物了，狼会冒险下山来到村子里觅食），而是黑夜。那样黑的夜，怎样握都握不住，让人毫无依傍，仿佛一下子失去了希望，仿佛只有静静地坐在那儿或躺在那儿，等夜的黑一点一点褪去。这时候，我只有紧紧地搂住妈妈或妹妹，我的胳膊有了着落，心里霎时就充实了。然后我知道，夜的黑必定会一点一点褪去，而绿色的黎明必定会按时到来，像竹节虫一样一伸一缩地爬进窗户。

后来我在城市度过了无数个夜晚。城市的夜从来没有黑过，城市的夜是不眠之夜。路灯的光在暮色初临时就亮起来了，这是夜睁着的眼睛。我们在超市、电影院、咖啡厅之间穿梭，在人行道上大踏步地向前走着。每个人心里都有自己的目标和方向。当我们将厚厚的窗帘拉上，沉入人造的一小片黑暗时，夜色仅仅从窗外驻足片刻，又像一声叹息轻轻地滑下去了。夜色不安地在窗外徘徊。

而现在，我在北方城市的高层住宅里，怀想我遥远的村庄的黑夜。那样浓厚的夜色，在我困倦的时候，在我的眼睛即将微微合上的时候，从南方飘来的流云间倾泻下来，轻轻地笼住蜷缩在转椅上的我。然后，夜的黑，一点一点地弥漫着我的梦境。

喊　黑

有月亮的夜晚，村庄清辉遍地，亮如白昼，五六米远都能大致看清人的眉目。大人们一般是迎着风口搬一张竹榻、几把竹椅，泡一茶缸苦茶末，扇着芭蕉扇，一边喝茶一边聊天。按聊天的对象自然分成几小片区域，于是，稻场上一片嘤嘤嗡嗡的说话声、笑声，间或几声清脆地拍蚊子的啪啪声。这自然是最适宜我们玩耍的时候。我们先是装模作样地躺在竹榻上吹风、纳凉，互相打着手势，对暗号。趁大人不注意，我们悄悄一溜烟地跑到西边的田畈上。稻田里青蛙“扑通扑通”往下跳，萤火虫飘飘忽忽，蟋蟀的鸣声响成一片，风把我们的喊声刮得忽上忽下，忽左忽右。

不过，也有在夜里玩耍而惊厥了的时候。比如一大片乌云遮住了月亮，黑暗突然降临了。那种突如其来的黑暗，好像直接落到人的心上。玩耍的孩子一下子你看不见我，我看不见你。因为路熟，胆大的孩子一溜烟跑回纳凉的稻场，大人们照旧在喝茶、聊天、拍蚊子。有些胆小的孩子，比如我，站在原地茫然失措，在黑暗中迈不开腿，不知何去何从。然后，哇的一声大哭起来。大人们循着哭声，牵着手将他们从弯曲的小路上领回去，用芭蕉扇拍着他们的屁股说，没出息！

受了惊吓的孩子躺在竹榻上，总是睡不着。到了凉爽一点的下半夜，有的开始盗汗，或者惊吓着、尖叫着从梦中醒来，这就是惊夜。大部分孩子都有过这样的经历，这就要喊黑。喊黑这种仪式在周边不同的村子有不同的套路，但大体相同。母亲多少次为我喊黑我已经不记得了，但那黑夜里，母亲牵着我的手在路上长一声短一声喊黑的情形，多年以后仍在眼前：在没有月亮的黑夜，先在堂屋点一支蜡烛（实在没有蜡烛，用油灯也行），准备一只碗，装大半碗水，把三支筷子并在一起，插在盛水的碗里。筷子当然不能倒（但我也从没见筷子倒过，这也是这种仪式使我感到无比奇怪的地方），然后母亲抓一把米放口袋里，打开门，一手擎着蜡烛（要是有风就用马灯），一手牵着我，就着蜡烛光在大门前不大的一块地方转着圈，撒一把米，喊一声："小三子，别吓喽。"

这在我，其实是一件很有趣的事。我觉得这种仪式本身类似于一种充满神秘色彩的探险。有时我把母亲想象成巫婆，而我是森林中的小王子。我为自己的这种假想得意地大笑起来，母亲则回过头惊诧地看着我。有时，我想象着和母亲一起经过一道不知名的关隘，蜡烛就是我们手中的火炬。我看见蜡烛光下眼睛发亮的猫、邻家摇着尾巴的大黄狗，它们被施予不同的魔法，在不同的探险情境下担任不同的角色。有可能，它们会衔着一把铜钥匙朝我走来，而这把钥匙可以打开装满宝藏的山洞。

等到母亲口袋里的米撒完，三根筷子还立着，这喊黑的效果就达到了，喊黑仪式也就结束了。说来奇怪，无论怎样惊夜的孩子，只要喊黑了，这天晚上必定会安安生生地睡觉，不哭不闹。

喊黑这种仪式，在我们风磐村生活过的人们都很熟稔。

担水的哑巴

哑巴
闲下来的时候
拿张条凳
坐在草棚前的空地上
有时候
就坐在乱坟岗的墓碑上
目光深邃
注视着不可知的远方
风掀动着
他蓬乱的头发

莲　　子

"莲子"只是个发音。到底是叫年子、连子,还是涟子,除了她的父母,别人都不知道,也可能没兴趣知道。但村子里女性的名字偏旁多带草木,叫莲子,大概没有错。

大家都说,莲子是个疯子。

莲子家离我们家不远,只隔了一条小路和一口水井。我家在井东边,她家在井西边。我经常碰到莲子到井边挑水。莲子的外表看起来与常人无异,只是那双眼睛——那是怎样的一双眼睛啊,毫无光彩,毫无神色,充满了呆滞、空洞的神情。如果把眼睛比作心灵的窗户,莲子的这扇窗户对世界是永久地关上了。每次碰到莲子,我都要心惊胆战半天。我害怕那双眼睛，我想起关于莲子的种种传闻：光着身子乱跑、打人、吃死小孩……转身就往家跑。父母说，出去玩不要往东边去，被莲子打了可是自找的！

不过，我的许多玩伴都在井西边，要绕道实在是太远。因此，我经常蹑手蹑脚地经过莲子家门口去找我的玩伴。不过传闻归传闻，我十三岁才离开村子，就算五六岁开始记事，七八年里我从没见过莲子打人、光着身子跑、吃死小孩。只是有几次，天气酷热的夏天，我看见莲子躺在水井旁边的青石板上，半天动也不动。头发披散着，嘴巴半张半合，翕动着。衣衫凌乱，露出半截子雪白的肚皮。水桶倒在一边，桶里的水正汩汩地往外流，快要流光了。我跑回家跟母亲说了，母亲的眼睛有些红，叹口气，末了又添上一句：别往她身边跑！

现在回想起来，莲子得的该是癫痫一类（俗称"羊角风"）的病。村子里信息闭塞，医疗条件差，一开始莲子两三个月发一次病，因治疗不及时，久而久之，莲子发病愈来愈频繁了。发病时候的莲子，口吐白沫，身体抽搐，人事不省。这就是人们所谓的"发疯"。

时间一长，我对莲子也不那么害怕了。有一次，我路过莲子家的时候，莲子正在院子里晾衣服，不知怎么的我就喊了一声:莲子。莲子蓦地抬起头,眼睛掠过一丝惊讶和异样的光彩,又蓦地消失了。她还对我笑了笑,很快就转身进屋了。我第一次看见莲子笑。莲子笑起来的时候,整个人生动起来,好像一潭死水起了涟漪。那一瞬间的莲子甚至可以用“美丽”来形容。假如她能天天这样笑,和村里的花季少女其实也没什么区别。

可是,她究竟还是有些怪异。

一个盛夏的中午,我在树荫下玩弹子。东头的玩伴阿来一路跑来,对我说:“走,看莲子去!”

阿来拉着我的手,带我一路跑到大会堂。莲子被关在四周是铁栏杆的大会堂的走廊里,走廊前围满了人。最外围的妇女抱着小孩,伸长了脖子朝里木木地望着,似乎看到什么并不重要,重要的是来了。中间一层是男人,都是村里的劳动力,有几个手里拿着一根黄烟袋,在那儿边抽烟边说笑,其中一个对着走廊喷了一口黄烟,说:“莲子,脱一个!”最里面一层是小孩,都是平时的玩伴,笑着、叫着,往走廊里、往莲子身上吐口水、扔石子。我和阿来也挤到最里面来了,阿来先吐了一口,大叫一声:“吐到了”,用手捣捣我:“快吐呀!”我心头掠过一丝不忍,旋即又被一种兴奋和兴奋所带来的快感所取代,我也吐了一口。

莲子蜷缩在走廊的墙角里，衣服上沾满了泥巴、口水等脏东西，头发披散着，遮住了半张脸。莲子的头垂下来，双手抱拳埋在膝盖上。当“莲子，脱一个”的叫声、笑声又响起来的时候，莲子猛地抬起头，眼睛直愣愣地盯着前方，充满了屈辱、绝望、无助。莲子的脸上并没有眼泪。

莲子在大会堂被关了三天，到后来看热闹的人越来越少。第三天，路过的人都懒得扭头看一眼。莲子滴水未进，奄奄一息地躺在地上。第三天夜里，她家里人把她悄悄背回去了。

后来，听人说，因为气温过高，莲子几天前担水时又发病了。在半昏迷状态下，莲子将上衣、裤子全脱了，白条条地躺在水井边的青石板上。这在村里是一件“有伤风化”的大事（与男女私情相比倒是小事）。莲子家属于第一生产大队，大队书记拍板将她关起来，给她和她家一个惩戒教训。

后来，莲子就被关在家里了。

很长一段时间，我没有再见到莲子到井边担水。只在一年的冬天，我在她家院子里又见到了莲子。她倚在门槛上，听到有人经过，手扶着门框朝外看了一眼。莲子脸色苍白，毫无血色，可能因为冬天衣服穿得太多，看起来还有些水肿，眼神还是和以前一样空洞、呆滞，还有一些飘忽。

我想起我曾经吐过的口水，赶紧心虚地走了。

因为都知道她有病，莲子三十多岁还没说上婆家。邻村有个四十多岁的单身汉张继国，是个孤儿，给生产队看林场。经莲子的姨娘介绍，他娶了莲子。过了两年，莲子一口气生了两个娃，一男一女。生孩子以后，莲子发病也比以前少多了。人们都说莲子肚皮争气。人们鄙视她、厌恶她，可是假如莲子过上一种正常女人的生活，到底也还是高兴的。

时来运转，张继国有一个仅小时候见过几面的远房叔叔当了大官，这个叔叔想起了没爹没娘的张继国，决心好好地拉他一把，在县城给他谋了一个差事。风水轮流转，张继国成了拿工资、吃公粮的城里人。一九八八年我在高中老师家见到过他，那时他的身份是县电视台记者，谈笑风生，意气风发，与当年在村子里时判若云泥。

张继国成了体面的城里人，不能再带着莲子了。他还要把两个孩子都带到县城，接受良好的教育，彻底走出小山沟。莲子想必是不舍的，可为了孩子，同意一个人守在老家。听说两个孩子走的时候，莲子哭得涕泪横流。

那时候我已经离开村庄了。听说这一幕，不知怎的，忽然想到一句诗：

莲（怜）子心中苦，梨（离）儿腹内酸。

这是才子金圣叹临刑前对儿子说的话。用在莲子身上，似乎也很贴切。

几十年以后，我回到村庄。儿时的发小，现在大多头发花白，渐渐步入老年了。我自己也一样，我在发白的鬓角上触摸到了时光的无情。儿时的水井还在，只是青石板已被拆走做了谁家的屋基，井水几近干涸，眼看就要成为一口废井。闲谈时，我几次想问问莲子怎么样了，但话到嘴边又咽下去了。我没有勇气去问，伙伴们似乎也在刻意地回避这个话题。无疑，莲子是一个“被欺凌与被侮辱的人”。而我（我们），曾经不仅目睹了丑陋，还做过丑陋的帮凶。我们不能以年幼无知作为原谅自己的借口。十几岁的邪恶一样是邪恶，它的浓度不比三十几岁、四十几岁的低。

莲子如果还在，也已耄耋之年了。可能，我想，她大约已经死了。

丫　　狗

丫狗是我大姑的孩子，叫张有平。按辈分，我该叫他表哥。村里人给孩子取名，因为迷信贱名好养，叫阿猫阿狗的多。大家都叫他丫狗，叫惯了，大名反而没人叫了。

丫狗生不逢时。他出生于一九五六年，四五岁正是需要补充营养的年龄，却赶上三年饥荒。一开始，公社里还有余粮，一天还能喝上两顿光溜溜的稀饭，继而吃玉米糊、山芋干，山芋干吃完了只有吃原本当猪饲料的糠，吃糠解不下大便，得用树棍掏。最后连糠和“小球藻”（就是浮萍）都吃完了。有点力气、能走动路的就外出要饭，剩下的老弱病残或者吃树皮、野菜度日，或者等死。容易辨别的野菜如马齿苋、野芹菜早被挖光了。跟神农尝百草一样，大姑拿自己的生命做实验，挖来的野菜自己先尝，没有毒再煮给家里人吃。丫狗五岁的时候，大姑爷饿死了，第二年，大姑吃毒蘑菇中毒死了。丫狗和哥哥志平吃百家饭，活下来了。能熬过那个年代，活下来，就是最大的幸运。然而祸不单行的是，十八岁的时候，到了已经能够下地干活挣工分的年龄，眼看就能自食其力之际，丫狗却得了胃癌。

发现的时候，已经是胃癌晚期了。一开始吃过饭就吐，后来就呕血。看到地上殷红的血，丫狗心都凉了。大伯牵头，两个姑姑和我父亲每家凑了点钱，托熟人找市人民医院的主治医生王主任检查。上了手术台，王主任打开胃，看了一眼就缝上了，说:“癌细胞已扩散，还有三个月时间，想吃点什么就买点什么吃吧。”

村子地处偏僻，人们以为癌症跟瘟疫差不多，哈口气就能传染。丫狗喝过水的杯子，别人碰都不碰。说话时离丫狗远远的，还要站在上风口。有一次丫狗到哥哥家吃饭，丫狗搛过的菜，嫂嫂不仅自己不动，还不准小孩动。吃完饭，嫂嫂将丫狗动过的碗碟全扔了，为这事哥哥、嫂嫂还吵了一架。丫狗抱着活一天算一天的想法，试验了不少民间偏方，根本不讲究君臣配伍的中草药，有些在我看来简直匪夷所思，想一想头皮都发麻，比如生吞活蜘蛛、活蜈蚣、活癞蛤蟆。但是，三个月过去了，三年过去了，丫狗跟没事人一样。第四年还是到市人民医院找王主任检查，X光片显示肿瘤已缩小至绿豆粒大。王主任眼睛瞪得老大，怀疑X光机器出了问题。丫狗的胃癌还真就这么好了，这其中的奥秘我至今也没弄明白。研究中医的可以深究一下这个案例。丫狗自己说，是他苦命的母亲在天之灵的庇佑。

病好以后，丫狗去了山西太原“做生意”。其实那时农村已实行家庭联产承包责任制，只要舍得出力气，解决温饱已不是问题。可能因为这么些年生病，一方面体力虚弱，另一方面丫狗似乎从自己的病中参透了人生，觉得人这一辈子，闷在小山沟里，面朝黄土背朝天地在地里刨食，就算吃饱了又怎样呢，还不是到时候一闭眼一蹬腿啥都没了。这么多年没死，就算赚了，还是出去挣点钱，顺带看看外面的世界吧。

丫狗四处折腾了一番。没想到，丫狗的预制板厂火了。家里亲戚都说他发了财，成大老板了。一九八八年我上高中的时候，丫狗大年初六一大早来我家拜年，带了两条十几斤重的青鳙，一见面就给我一张一百元的新刮刮的钞票,说是压岁钱。一百元可不是个小数目,我父亲一个月的工资才四十几元。给大家的感觉是丫狗确实阔了。和他一道的,还有一个乡信用社的信贷员"陈主任"。一起闲谈的时候,陈主任称呼丫狗总是一口一个周厂长。丫狗来还有一个目的,就是推销预制板。那时父亲还在当校长,正好学校有一个学生宿舍扩建工程,父亲说如果预制板质量没问题,那就用吧。到了吃中饭时间,丫狗执意要下饭店,母亲劝他在家吃,他说让小舅母忙活怎么过意得去呢,怎么劝都不行。最后丫狗涨红了脸,拉着父亲的胳膊就往外走。其实饭菜母亲都已经准备好了。

丫狗挑了一家县城最好的饭店。父亲素来不胜酒力,几杯酒下肚,脸就红了。父亲称呼他还是丫狗长丫狗短的,丫狗的脸色由晴转阴,渐渐已明显不悦。母亲觉察到了,捣捣父亲的腿。可是,人的称呼一旦叫惯了,要想改过来挺困难的。父亲上一句话还是别别扭扭的"周厂长",下一句话却变成了"丫狗"。丫狗和陈主任都是海量,喝了半斤朝上。陈主任拍着胸脯说,周厂长,只要预制板销量没问题,贷款资金就不是问题!丫狗用手搂住我的肩膀,对我说:"小表弟,你代我敬一下我们信用社的领导!"我没经历过这阵势,人站起来了,酒杯(里面装的是雪碧)也端起来了，却不知道说什么好。陈主任站起来，却把我按回座位，对我父母亲说："你们家公子，一看就是北大清华的料！"

结了账，母亲悄悄留意了一下饭钱，三百多块。临走的时候，父亲把他拉到一边，低声提醒他，挣点钱不容易，别吃喝光了。丫狗凑近父亲的耳朵，又像是故意要让人听到似的大声说："吃不穷，穿不穷，不会算计才会穷！"

事实证明，丫狗的算计算岔了。前些年，赶上市里、县里启动基础设施项目，预制板需求量大，全县预制板厂又少，只要打通关节，产品紧俏得很。预制板生产难度小，技术含量低，随着承包制放开，乡镇预制板厂如雨后春笋，四处林立，市场竞争日益加剧，预制板价格天天在跌，越来越不好卖了，而且方方面面都要花钱。乡里面把丫狗的预制板厂作为一个搞活经济的典型上报县城。自那以后，县里来人都是先到丫狗的厂子里转一转，发表一番"对内搞活对外开放"的宏论。乡干部、村干部、信用社主任没事也喜欢去"视察视察"。丫狗没上过学，厂子里连会计都没有，只雇了一个亲戚记流水账，财务管理混乱，经营粗放。一年下来，丫狗一算，一下子亏了10多万，这还不包括饭店的赊账。接着，原料供应商来要货款，经销商讨要保证金，村委会要求缴纳承包金，而这时厂子里工资已发不出来了。厂里工人都是附近的农民，一天不给工钱就要撂挑子走人。丫狗一下子傻了眼。信用社眼看形势不对，立即中止发放已签订合同的贷款，对存量贷款采取保全措施：封存了仓库里的全部存货，机器设备已办过抵押，也贴上封条准备拍卖。至于和丫狗好得跟亲兄弟似的信贷员陈主任，因经济问题已被批捕。

丫狗的预制板厂破产了。说是破产，也没履行什么破产程序，就是扣留保证金，关门走人。好在丫狗在厂子经营形势江河日下的时候留了个心眼，将一笔五万多元的货款没入账，直接打到自己开在外地银行的个人户头。丫狗落魄了一段时间之后，悄悄带着这笔钱，去了长江对面的江城开饭店，暗地里从事非法经营。

丫狗开饭店的事，一传十，十传百，家里亲戚都知道他在搞非法经营。第二年，父母因工作调动来到铜陵。江城离铜陵很近，丫狗开车来过两次，那时我在外地上大学，没跟他见上面。大三那一年，我从学校回家过中秋节。丫狗来了，这是自县城分别五年之后的第一次见面。我从屋子里出来的时候，丫狗左手提着一堆东西，右手拿着手机，边走边打电话，一副公务繁忙的企业家派头。坐了一会儿，丫狗说饭店订好了，请我们全家去吃饭。母亲不想去，朝父亲使了个眼色，父亲装作没看到。小车一路疾驰，到了江边的一家江鱼馆。在饭店里，酒过三巡，父亲终于对丫狗说出憋了半天、早就想好的话："搞企业、奔小康，是好事。发展民营经济，也是国家鼓励的事。但是挣钱来路要正当，违法的事不能做。"丫狗一副懂行的样子，不以为然地笑着说："大家都这么干，你一老一实按招式来，反而行不通。"

回来后，母亲抱怨不该去。父亲对母亲说："我不是想吃这顿饭。我是看在死去的大姐份上，尽到我的责任，该说的话说到。他一定要走邪路，以后自作自受，我就没办法了。"

丫狗在江城过了几年风平浪静的日子。丫狗这么想："自己也都三十岁了，再做几年，攒够钱回家盖座楼，娶个媳妇，从此以后过有家有口、其乐融融的生活。"好景不长，为打击黄赌毒的肆虐横行，各个城市开始"扫黄打非"。江城作为经济较为发达的省内沿江港口城市，自然大力"扫黄打非"。先是过路司机听到风声，不管饭店的服务员怎么招手，喇叭一按，车就走了。渐渐饭店生意就冷清了，只有个别熟客偶尔会歇一晚。失足妇女大都回乡避风头去了。走的走，散的散，最后只剩下两个人：一个为饭店打扫卫生，客人有需要时兼做“按摩”；另一个则转行做了专门传菜的服务员。失足女收入骤减，丫狗的饭店也开不下去了，最终，丫狗又是一文不名了。

城市已经没有立足之地了，丫狗灰溜溜地回了老家。老家好歹还有两间土坯房、几亩地，活人总还行。

二○○五年，九十五岁高龄的爷爷在正月初四去世了。因为高寿，在村子里是白喜事，又赶上春节，葬礼办得隆重、热闹。爷爷的棺材暂厝在祖居老屋，花圈从灵堂一路摆到山脚下的祖坟墓地。县委书记都到场祭拜了。我在葬礼上又见到了暌别已久的丫狗。丫狗一脸无颜见江东父老的郁闷神情，闷着头干烧纸人、摆烛台、放鞭炮这些活儿。我打了个招呼，随口问了一句：“大表哥呢？”丫狗头没抬，说：“去年得疾病去世了。”我听了觉得怪怪的，一般人都说“得病”，“疾病”和“得”放在一起听着别扭。中午吃饭的时候悄悄问父亲，才知道大表哥是得胃癌去世了。父亲又叮嘱我，丫狗对胃癌很忌讳，在人前一般不提这两个字，也不高兴别人提。

葬礼的杂活、力气活比较多。丫狗忙前忙后，抬棺材，起坟基，迎前送后，出了不少力。爷爷生前有点积蓄，除去葬礼花的钱，每家都能分一点。大家在一起开家庭会议的时候，大伯说德平一死，丫狗在世上就没有直系亲人了，就跟孤儿似的，留下来的东西就带他也分一点吧。父亲、小姑都说没意见，应该这样。爷爷下葬以后，大伯又召集父亲、小姑找丫狗谈了一次，说别再折腾了，当个农民也没什么不好，现在不像过去了，农村也能生活。

葬礼结束，大家约好明年清明节再来，就上了各自的车子散了。刚刚还熙熙攘攘、人声鼎沸的坟场一下子变得空空荡荡，只剩下满地的纸钱、纸灰随风乱飘。丫狗站在路边，看车子走远了，向空旷的田野踽踽而去，孤独的背影渐渐融入芦苇、树丛和村庄。

那是我最后一次和丫狗见面。从那以后，就再没有见到丫狗了。今年春节去小姑家拜年，听说丫狗又到江浙一带“做生意”去了。

二　先　生

二先生是个盲人，一生下来就是，俗称“天盲”。

二先生姓氏、名字不详，他的身世一直是个谜。我只听爷爷隐隐约约地说过，似乎是随祖辈避仇逃到这座偏僻的山村，但也并不确切。村里有人称呼他二先生，有人称呼他二瞎子。自然称呼二先生显得尊重，但称呼二瞎子，他似乎也没什么不悦。或者他的不悦，别人看不出来——盲人的神色总是有些木然。我所听到的，还是叫二先生的居多。特别是相信他算卦的妇人们，比如我的母亲。

二先生以算命为生。他家在我家南边，只隔了一条巷子。说是家，其实只有他和他的妹妹。二先生的父母过世早，唯一的妹妹也是个“天盲”。按说，二先生是有机会娶媳妇的。他算命所得的收入不比普通干部家庭低，维持正常的家庭开支毫无问题。但村子里传闻“天盲”娶妻生子会克下一代，因为这个传闻，二先生和他的妹妹一个没娶，一个没嫁，两人相依为命一辈子。不过，二先生的家一点也不冷清，有时候甚至可以说是门庭若市。我经常看到熟识或不熟识的妇人们，一手牵着孩子一手提着东西上他家去。母亲去的时候，有时候带我去，有时候带姐姐去。算命分为大命、小命，大命算一辈子的流年、运程、凶吉，小命只算本年的。大命至少得一斤猪肉，或折成一块钱，小命一斤红糖或一斤挂面就可以了。村子里的女人们平时过日子很节省，但在算命钱上从不吝啬，也从不欠账。

母亲是二先生的信徒。她经常说，二先生算命准得不得了。他给我父亲算的命是，心比天高，命如纸薄。我父亲师范学校毕业，会拉手风琴，写得一手好字，才华、本事在村子里也算人中翘楚，一心想有一番作为。但他从青年时代直到中年，事业上一路磕磕绊绊，屡屡陷入人事关系的漩涡，命途蹭蹬。到了退休，才过上了安宁的日子。

每次母亲带我去二先生家，我都觉得像是在“受刑”。二先生家也是年久失修的老屋，屋子又高又大，但窗户只有书包大小，装的还是木窗棂，没有玻璃。堂屋的明瓦只有毛巾大小，大晴天屋里也很昏暗，老像是天刚麻麻亮的样子。而且，屋里还不点蜡烛。二先生坐在堂屋的太师椅上，半天没动静，整个人像嵌在椅子里。母亲牵着我的手，报了我的生辰八字。我木然地站在那里，只觉得屋子的角落里潜伏着噬人的怪兽，身上凉飕飕的。二先生沉吟良久。我在混混沌沌的视线中看见他白白的眼底泛起来，嘴唇翕动着，说了一连串我不懂的"专业术语"，我只模模糊糊记得有"乾为天，坤为地"之类的。母亲一边点头，一边弓着身子，像是表达赞成，又像是表达敬意。

因为这次算"大命"，母亲很注重。昏暗的光线中两人的身影摇来晃去，像动画片中的人物影像，讨论着不可泄露的天机。到了最关键的时候，母亲就把我打发到白姑的屋子里去。临走的时候，母亲将一块钱双手呈给二先生，二先生的手托了钱，却凝在半空中。母亲赶紧上前握住二先生的手，问："二先生可有什么嘱托？"二先生捏捏钱，摸索着将钱揣进兜里，缓缓伸出两根手指，说："防火，防水！"

我对"防火防水"这四个字记忆尤为深刻。一是"受刑"终于结束了，二来这是母亲和二先生交谈中我唯一能听懂的。

一九七六年的冬天，闹地震的传言四起，我们家在离家不远的梧桐树旁搭了个地震棚，家里稍值钱点的东西都搬进去了。因为落灰重，几张床都挂了帐子。离过年近了，我天天拿着一盒火柴点鞭炮玩。那天吃过晚饭进了地震棚，鬼使神差，我想试试帐子上的一层细绒烧起来是什么样子。第一次划着火柴，帐子边缘只起了一层淡蓝色的荧光，很快就熄灭了。第二次火苗大了一点，火焰呈微红色，但也很快就灭了。第三次，火焰一下子蹿起来，整顶帐子瞬间燃起，火苗很快就向四周扩张，不到一分钟火焰就冲上了棚顶。我是怎么逃出地震棚的，今天已经不记得了——不知道怎么稀里糊涂跑出来的。回想一下，如果迟一两分钟，我六岁那年就葬身火海了。

这件事我不敢跟父母说，父母一直以为是电线短路。大火将家里的被子、冬衣等过冬的物品毁之一炬。听母亲说，箱子里还有一副手镯，是母亲压箱底的陪嫁。有一架相机是父亲向同事借的，不知道同事有没有追着要。大火伤了我们家的元气，那年冬天我们过得很拮据。直到十二年以后，一次过中秋节，我才坦白当年的“罪行”。父母还不相信，仍然以为是电线短路。

至于水，我对水的感情很复杂。我喜欢水，我信奉“上善若水，水善利万物而不争”，“君子遇水必观”。但我又遭遇了无数次的水险，我对水有一种深深惧怕之心。直到今天，是的，我对水，是畏惧的。一九八三年父母工作调动去了凤凰洲，第一年暑假就遇上发大水。头天晚上还毫无征兆，第二天凌晨水汩汩地往屋里灌。等我们避险到了旁边地势高的江堤上时，屋子里的水已有膝盖深。那时，一边是奔腾咆哮的长江，浪花拍在江堤上发出轰鸣的巨响；一边是半淹在江水里的村庄和四处奔走的村民。我们一家惶恐地站在江堤上，最小的妹妹哭个不停。我第一次感受到自然的可怕、水的可怕。这是自然灾害，至于玩水时发生的险情更是不胜枚举。

有一年冬天，很冷，初冬就结冰上冻了。照惯例，母亲每每在年前都要去看望二先生。这次，母亲回来告诉我：二先生说，他怕是熬不过这个春节了。腊月三十，二先生穿戴整齐，躺在床上，子时咽了气。出殡的时候，村子里的男女老少都到齐了，葬礼办得风光、热闹。躺在棺材里的二先生，面目如生，好像睡着了一样。

白　姑

白姑就是二先生的妹妹。

和二先生一样，村里人不知道她姓甚名谁。人们叫她白姑，是因为她皮肤很白，而且是带有一点病态的苍白。这在村子里很少见。除了公家人或公家人的媳妇，村子里的女性要带孩子，农忙时还要下地干活，皮肤都是粗糙得黑里泛红。因此，这种白使她显得有些“另类”。因为二先生的关系，人们对她很“尊重”，虽然这种尊重是表面上的。事实上，也有人在二先生那算命时，没听到多福多寿、荫妻爵子之类的中听话（其实大多数人算命还是想听点好话，求个心理安慰），就把二先生叫成“二瞎子”，把她叫成“瞎姑”。

去二先生家算命，每每到了“关键时刻”，母亲就把我打发到白姑的屋子里去。这在我是求之不得的事，每每这时也像是卸下了一个大包袱，虽然是暂时的。因为之后，我还要去拜谢二先生，如果是大节如春节，还要磕头。这在我是多么勉强和不情愿。知道我怕黑，一进门，白姑就点亮了一支蜡烛。昏暗的屋子顿时亮堂起来，我就好像到了另一个世界，身上似乎一下子暖和起来。

白姑摸摸我的头，让我坐下，又轻轻关上门，坐在对面的床上。大部分时间我们并不说话，就那样静静地坐着。白姑本来就不大喜欢说话。我仔细地端详白姑：在烛光的映衬下，白姑苍白的肤色泛起一层微弱的红光，比白天见到的要更丰富、更有层次感；头发没有像村里其他女性常见的那样盘成一个发髻，用发夹绾起来，而是从右边的面颊披散下来，刘海挡住了右边的眼睛。白姑的眼睛不像二先生那样眼白一泛一泛，看了让人害怕。白姑的眼睛很大，黑白分明，在烛光的映照下光点一闪一闪的。仔细看，才发现她的眼睛毫无光泽，像两口干涸的水井。不管她看着什么，总像是在看着远方。白姑喜欢穿白衣服，上衣和裤子都是白的。村里人常说，“要想俏，一身孝”。白姑穿白衣服未必是要俏，她自己又看不见。我猜，可能她叫白姑，所以就穿白了。我曾经问她是不是这样，白姑只是笑了。

白姑平时很少笑。二先生高兴我去的原因之一，就是我给白姑带来了笑容。白姑不笑的时候，脸上整体的轮廓就像美术课里的石膏像。一笑起来，白姑整个人就生动起来，让人感觉那不再是供素描的美丽静物，而是一个鲜活的生命。假如不是那双毫无光泽的眼睛，白姑并不像个走路都要扶着墙或者拄着拐棍的盲人。

在我和白姑不多的对话之中，白姑最喜欢问我上学的事。我在那儿和她说的话，大都是关于学校的。第一句一般都是白姑问：“今天在学堂里学的啥呢？”我大声说：“什么学堂，是学校呀。”白姑就笑了，说那就是学堂呀。还有什么语文老师是谁，数学老师是谁，长什么样子，课是怎样讲的，讲得好不好，等等。当我告诉她今天学了“春风又绿江南岸，明月何时照我还”的时候，白姑沉默了一会儿，然后背起“相识满天下，知心能几人”“当时若不登高望，谁信东流海洋深”。一霎间，白姑的音调里充满了悲凉、沧桑。一开始，听白姑朗诵的韵律，我以为是唐诗，那时我已能背一百多首唐诗。后来问读过几年私塾的爷爷，才知道这是《增广贤文》，想必是二先生教的。

作为盲人，白姑也很“另类”。一般盲人走路都是拿着一根拐杖敲敲点点地探路，白姑不是。二先生平时忙着算命，不算命的时候，二先生独坐在堂屋的太师椅上，想着谁也不知道的心事。买菜、做饭、洗衣，这些家务活白姑都包了。菜市场虽然不远，但也要拐过好几个巷子。白姑熟练自如地穿过这些巷子，就像是有人在前面引路。就是在人来人往、熙熙攘攘的菜市场，白姑也没有撞着人，也绝不会把白菜当成莴笋。当然，想占点便宜、搞点缺斤少两的也骗不了白姑。有时候，我在巷子里遇见她，白姑就停住了，问：“是三子？”我猜，她应该是听见了我的脚步声，所以知道是我。有时，我远远地看见她来了，就悄悄藏在墙角后，可是到了跟前，白姑还是会停住，问：“是三子？”至于到井边担水，到河边洗衣服，我从来没看到白姑跌跤。

下意识里，我一直没有把她当成盲人。

算完命，母亲和二先生告别了，带我走的时候，一般都是白姑送出门。临走时，白姑总是倚着院门，拉着母亲的手说："你家三子以后必定有出息。"母亲素来喜欢听恭维话，每每这时总是"笑容可掬"。在对二先生信任、尊重的基础上，母亲又多了一份对白姑的爱怜。母亲经常去给二先生和白姑送菜，一把白菜、几根小葱、一斤豆腐、半斤生腐。因为二先生的嘱托，母亲还特别热心，想把白姑嫁出去。不避"天盲"忌讳的也有，不过母亲介绍的那些人，我一个也不喜欢，甚至很讨厌他们。比如村东边的篾匠老余，秃顶不说，还有罗圈腿，走起路来一撇一撇地向内划弧，可笑极了。还有三年饥荒时期老婆饿死了的老张，满脸皱纹，背都驼了，最大的孩子比白姑小不了几岁。在我看来，他们娶白姑就是癞蛤蟆想吃天鹅肉。可是什么样的人能配得上白姑？这个问题跟我不喜欢的数学题一样，我找不到正解，但反正不是他们。还好，这些人白姑也不喜欢，一个都不喜欢。

二先生去世的时候，白姑三十多岁。二先生算了一生的命，别人的命算到了，自己的命也算到了，白姑的命有没有算到，我不知道。他知道自己快要"走"了的那些天，做了一些安排，托母亲在可能的范围内照顾白姑就是其中之一。母亲把二先生的嘱托当作自己的使命，没事就过去陪白姑说说话，给白姑做月下老人牵线搭桥，当然一个都没有成。但母亲愈挫愈勇，似乎不达目的决不罢休。二先生生前积蓄颇丰，白姑的生计是不成问题的。可是，一个独身女人，还失明，辛酸、困顿不说，她还面临着严峻的生存环境的考验。在村子里，半夜敲寡妇门是常有的事，单身女人被玷污的事也并不少见。毕竟还有些居心叵测的人，他们觊觎白姑的钱财、美貌，未必没有霸王硬上弓、把生米煮成熟饭的想法。不过，自二先生下葬的那天起，白姑睡觉时在枕头下面藏了一把菜刀、一把剪子。听母亲说，二先生去世后的第二年的夏天，有人趁着月色翻窗户摸进了白姑的屋，一声惨叫，歹人耳朵被剪子扎中，逃走了，鲜血流了一路。第二天，这件事像长了翅膀一样飞遍了村庄。谁都知道，白姑枕头下有一把菜刀、一把剪子。此后，再没有人来打白姑的主意了。

白姑就这样一个人过了一辈子。后来，我们一家离开了村庄，渐渐就没有她的消息了。只是母亲时时在念叨，不知道白姑怎么样了。去年回去做清明，听儿时的发小说，白姑已在年前“走”了。那是一个天气回暖的冬日的中午，白姑和其他老人一样靠在墙根下晒太阳、谈闲天。到了太阳落山的时候，人还保持着刚坐下时的姿势，一动不动，村里人推她一把，这才发现人已经没气了。以前，母亲一直以未能完成二先生的嘱托为憾事，总是叨叨白姑该找个人，不该这么孤孤单单一辈子。自步入老年以后，母亲的身体状况大不如以前。她有多种慢性病，每天颜色不同的药丸要吃十几种。听我说完这件事，母亲说："人过完了这辈子，像白姑那样'走'就好了，这是几世修来的福哩。"

担水的哑巴

从我们家搬到凤凰洲那天起，哑巴就开始给我们担水。

哑巴的个头很高，和我父亲一般高，大约有一米八。身材瘦削，皮肤黝黑，脸上和额头上皱纹遍布，头发有些蓬乱。哑巴没有名字，也或许有名字，但我听到的，大家都叫他哑巴。多年以后，他留在我脑中的印象，让我联想到画家罗中立著名的油画作品《父亲》:“父亲”眉梢上挂着灰色的汗珠，指甲里还存有脚下的泥土，满脸的皱纹像黄土地的褶皱。端着的一碗水似乎能照见他的脸庞，特别是那困顿、忧郁而深邃的眼神，我在哑巴的眼睛里也看到过。我甚至以为，哑巴就是《父亲》的原型之一。

凤凰洲是长江边的一座小村庄。俗话说："靠山吃山，靠水吃水。"江边上多的是渔民，那时候生态环境好，早晨撑一条船出江，"晚上归来鱼满舱"是常态。大多数渔民富裕了会选择盖一栋漂亮的房子，因为房子在农村是一户人家的门面。哑巴没有船。哑巴一个人住在江堤边靠近乱坟岗的一座草棚里，草棚里除了一张床、一张条凳、一口水缸、一座泥坯砖砌的灶台，别无他物。听说哑巴的父母早早就过世了，哑巴也没有兄弟姐妹。为什么他是一个人？他是从何处来的？他怎么成了哑巴？他一生下来就在这座村庄？那么亲戚总该有吧？这些谜团我至今没有搞清楚，但总之他是一个人。

哑巴给"公家"担水。村里有井，由于水源过于丰富，靠江的井水有点脏。特别是有一种叫不出名字的红色的小虫子，有时候一瓢水里，就有几十只小虫子在浮游、蠕动，让人看着起鸡皮疙瘩。井水用来喂猪喂鸡，浇菜浇地，人吃的都是江水。

江水夹泥带沙，看起来很浑浊，但流水不腐，其实江水才真干净。饮用之前的江水，要用明矾滤一下，滤过以后泥沙沉到缸底，上面的水很清。吃惯了江水，就吃不惯自来水。江水要清晨去挑。经过一夜的沉淀，过往的江船还没有起锚，这时候江水最干净。哑巴天蒙蒙亮就起来了，一家一家地送，风雨无阻。十几家的水，有三四十担，得担到上午十点多钟。刮风下雨，下雪下冰雹，从不用担心哑巴不来。有时候，特别是在寒冷的冬天，我在暖和的被窝里被拍门声惊醒，就知道是哑巴送水来了。

失去语言表达能力，往往也会失去听觉能力，聋和哑是一对孪生兄弟。但哑巴的耳朵不聋，他也不是天生哑的。有天聋、天盲，即一生下来就是聋子、瞎子，但我在村庄的词库里，没有搜索到“天哑”。有时候，人们会在哑巴将水倒进水缸后，给他担水的钱，再给他一点吃的，说：“哑巴，明天再来！”哑巴嘴里哦哦呜呜的，用手比划着，表达着他的感激。据说，哑巴出了娘胎也是会哭的，会哭的孩子就不是哑巴。后来，哑巴为什么会失去语言能力，这和他的身世一样，对我是个谜团。我听到过村里这样一个传说：将生木炭吞咽下去，就可以将正常的喉咙变哑。闹兵灾的时候，为避免被抓去做壮丁，就用这个无奈的法子。但哑巴的年龄比我父母小不了几岁，依年龄推断，和生木炭应该没有关系。多年来，我像候鸟一样，离开过村庄也回到过村庄。我试图通过村庄里的一些老人揭开一些关于他的谜底，但老人们似乎有意无意地回避这个问题，关起了记忆的闸门。也许，这是探寻答案而不得的错觉。

哑巴的喉咙能发出声音，不过只能发出单个的字和词，连缀不成完整的句子。比如说起风了，树叶纷飞，天色也随之暗下来，看起来像要下雨的样子。哑巴就会指着将要或已经暗下来的天色，对你说："欲雨，欲雨！"雨天路滑，桶里淋了雨水也不干净，第二天，哑巴会多担几担水，够吃两三天的。如果雨期较长，比如逢上梅雨季节，哑巴就在水桶上搭一层老粗布，每天还是按时送水来。"欲雨"，就是天要落雨了。"欲雨"，这是个多么准确而又美好的词语啊，让人联想到"云青青兮欲雨，水澹澹兮生烟""夜阑卧听风吹雨""寒雨连江夜入吴"。人们说："哑巴不哑，哑巴会说话呢！"

在这座村庄的东头，靠近下街的地方，住着一个寡妇。她的男人以前也是个渔民，日子还过得去。在一个冬天寒冷的夜里，男人驾船出江去捕鱼。结果驱寒的酒喝多了，男人一失足，栽进江里淹死了，撇下女人和一个三岁大的男孩。男人的兄弟姐妹多，有点势力，在当地算是个望族。葬礼办得很隆重，出殡时送葬的队伍有一两百人，排成了一条长龙，女人领着她的孩子披麻戴孝站在队伍的最前列，悲痛无限也风光无限。全村的人都出来看热闹，可以说极尽哀荣。女人决心要守。但我想，也可能惮于男人的亲戚六眷的势力而不得不守。这一守，就是十多年。

办完了丧礼，男人的亲戚六眷就没影儿了，没人来问孤苦伶仃的娘儿俩了。男人没什么财物，只给女人留下三间瓦房。男人那边的老大发话了："只要女人在守，这房子就可以一直住下去。"女人日子过得辛酸、窘迫是毋庸置疑的。但是说实话，我一直不喜欢这个女人，包括她的孩子。她给人的感觉总是悄无声息的，像幽灵。有时，我经过她的屋子，"吱呀"一声门响，女人出来了，脚步声都没听到，人已快到跟前了，吓人一跳。她的脸色很白，白得吓人，好像常年不见阳光。她低垂着眼，从不看人。她的孩子看起来也是病恹恹的，话也少，不怎么出门，大多数时间一个人蹲在门前地上玩"牌巴"。我们都不愿意和他玩。

哑巴一直给她担水，大约也有十年了吧。哑巴把给"公家"的水担完了，就去寡妇家。装满了水缸，放下了水桶，哑巴就去拾掇屋后的菜园。每次走的时候，女人都会给他舀一碗水，有时将哑巴的脏衣服洗干净了，再在菜地里摘一把嫩嫩的青菜秧，让哑巴一起带走，也没有什么话。哑巴喝了水，咂吧咂吧嘴，将衣服和青菜放在空水桶里，转身就走了。

有关哑巴和寡妇的传言很早就有。特别是那些喜欢家长里短的长舌妇们，说起哑巴和寡妇来眉飞色舞、津津乐道。男人那边的亲眷干涉过，但是除了担水、洗衣和干地里活，与村庄里同样流传过的某些桃色新闻不同，哑巴和寡妇的交往并没有人们想象中的那种带有情欲的暧昧。即使是逢年过节，寡妇也从没有留哑巴吃过饭，而哑巴也从没有在天黑之后到过寡妇家。这使得那些叽叽喳喳的长舌妇们缺了不少议论的素材。后来，人们包括男人那边的亲眷，似乎已经习惯或者麻木了，或者已经接受了他们这种难以定性的互助关系。有几个好心人，还想将两人撮合成一家，做一桩成人之美的善事。但据说女人不愿意，还是要守下去。

哑巴喜欢孩子。哑巴看孩子的眼神是柔和的，充满了温情。哑巴每次担水去女人家，都会给她的孩子带一串糖葫芦或一捧炒栗子，这让我们很嫉妒。那个蔫头耷脑的屁孩，他凭什么就能得到哑巴的馈赠？不知是谁的撺掇——应该是一个大小孩吧，他领着我们一起喊：

“哑巴想媳妇喽！哑巴想媳妇喽！”

侍弄菜地的哑巴放下锄头，朝着我们就追过来。哑巴奔跑的样子很好笑：两只手张着，上身不动，两只脚呈外八字，像一只奔跑的觅食的母鸡。哑巴跑起来慢得很。我们一散就跑开了，估计哑巴追不上，又聚拢到一起，边拍手，边喊："哑巴哑，真不哑。娶媳妇，背娃娃。"

我见过哑巴沉默的样子。哑巴闲下来的时候，拿张条凳坐在草棚前的空场上，有时候就坐在乱坟岗的墓碑上，目光深邃，注视着不可知的远方，风掀动着他蓬乱的头发。沉默的哑巴，就像一尊雕像，背景是那样荒凉。这是哑巴在我脑海中最后的形象。

寡妇的儿子没怎么让寡妇操心，学习成绩优异，顺顺当当考取了大学，大学毕业后留在省城工作、成家，成为令人羡慕的都市白领。儿子将娘接到省城，准备让她好好享几天清福。但没住几天，寡妇就回来了，说是吃不惯城里的自来水，住不惯城里的高楼大厦。寡妇，连同哑巴，和村庄、时光一起慢慢老去。据说，寡妇临死的时候，才第一次拉着哑巴的手，断断续续地对哑巴说："哑巴，你给我担了一辈子的水，只有来世再还了。"

何 凌 群

我与何凌群分别迄今已有十五年。

我早就想为他写点什么。然而疏懒，也未必完全是疏懒，我屡屡拿起笔，又每每放下。今夜，爱人和孩子都睡了，月色透过纱窗照进屋里，把屋子分割成黑白两片空间。远处传来阵阵蛙鸣，此起彼伏，声音短暂而急促，在盛夏的夜里似乎在提醒时光易逝。我坐在书桌前，在暗色中燃起一支烟，向窗前明亮处望去，又想起了老同学何凌群。我知道，我确实应该为他写下一点什么了。

一九八七年的夏天，我从铜陵来到枞阳中学上高中，枞阳本是我的故乡。我十四岁随父母工作调动离开枞阳到了铜陵，种种原因加之耽误了一些课程，我连县重点高中都没考上。在铜陵县的一所普通高中读了一学年后，转学到枞阳中学。离开故乡不过短短三年，但这次回乡的心情颇有些沉重。已经分文理科了，我自然选了偏爱的文科，心里攒着一股劲，考上一个好大学，回应那些睥睨的目光。

从高二起，我的同桌就是何凌群。

何凌群是个残疾人。他在六岁时患了小儿麻痹症，父亲是普通小学教师，家庭条件很一般。再加之乡村医疗条件差，虽倾全家之力救治，但还是落下了后遗症——右腿从此瘸了。何凌群曾告诉我，从六岁开始，他连续住了三年医院，每天一睁眼看见的都是白色的墙壁、一身白大褂的医生和护士、窗外灰白色的天空，经历了整整三年的“白色恐怖”。

何凌群面容清瘦，颧骨突出，头发有点卷，目光清澈、明亮。右腿裤管看上去明显瘪下去了，走起路来肩膀一耸一耸。特别是上楼的时候，得先用右手摁住墙沿，右脚搭上台阶，再用左脚跳上来，看上去颇有些滑稽。不过一学期不到，我们就成了莫逆之交。我们的共同点很多：思想单纯，有梦想，都喜欢文学、哲学。每天的课间休息，我们谈论的不是唐诗宋词、鲁迅、《红楼梦》，便是托尔斯泰、罗曼·罗兰、萨特、尼采。谈得最多的是：巴尔扎克、雨果、罗曼·罗兰、波德莱尔……何凌群的阅读面非常广，用“博览群书”四个字形容一点也不为过。我去过他家，让我最羡慕的就是他的书架，厚厚的木板材质，近两米高，刷了一层清水漆，上下四层摆得严严实实，全都是中外文学、哲学名著。我对自己的阅读量向来有自信，但和他比起来高下立见。何凌群高一的时候就通读了《鲁迅全集》，而我仅仅读了《野草》《朝花夕拾》等，因对时代背景不熟悉加之文笔隐晦，大部分同学还读不懂鲁迅（特别是后期）的杂文。除了腿是瘸的，一点也看不出他是残疾人，“腹有诗书气自华”正是他气质的最好写照。

因为班上还有几个同样喜欢文学的志趣相投的同学，我们便商议要做点什么出来，第一件事，便是办文学社。这样，一九八八年的春天，“清溪”文学社成立了。指导老师（语文课老师）指定何凌群任社长，我任《清溪》社刊主编。

“清溪”是枞阳县第一个中学文学社团，在当时很有影响力。对于“清溪”的成立，枞阳电视台、广播电台均作为重要新闻播出。“清溪”的社名是我的创意：一方面，故乡的一条清澈见底的溪流一直是我“思乡的蛊惑”。另一方面，也取鲁迅“但他的浅，却如一条清溪，澄澈见底”(《忆刘半农君》)的寓意。

文学社办得并不顺畅。社员以我们高二文科班的学生为主力，也有一部分成员来自其他班。文学社不仅有学校拨的办社费用，还颇有几个美女加才女。办社费用不过一学期二三十元，这笔费用有时由指导老师支出，有时就直接交给我或何凌群。其实都花在办刊上，但不久就传来一些风凉话，似乎我们很有自落腰包的嫌疑，而我们也从没想过避嫌比如记账、保留收据之类。和女生的接触自然难免，我也承认，对于某些美女加才女，心里也未必就没有一层钦慕之意，不过有人要嫉妒甚至吃飞醋，就不为我所知了。流言慢慢多了起来。我和何凌群都是书生意气，本来就不擅长也不屑于处理人际关系。组织第二次活动之后，何凌群对我说：“老伙计，烦了，不想干了！”我说：“那我和你共进退！”

之后发生的一件事，则彻底让我们心寒了。

有一天课间休息，班主任叫我去一下他的办公室，我以为是班上或文学社的事情。一见面，班主任却问我：

“有一件事，有人说是你做的，希望你能坦率地告诉我。有就有,没有就没有。”

“什么事?”

“有人放了一坨动物粪便在L同学的课桌抽屉里,早读时发现的。”

我的血一下子涌上头,跟班主任说了些什么,走出办公室就不记得了,或许什么也没说。被人陷害的愤懑、羞辱充塞了我的胸膛。但我相信,“清者自清,浊者自浊”,班主任应该不会以为我的人格低劣到如此地步。

回到班级的座位上,我大脑一片空白。我似乎又明白了其中的一些蹊跷。中午,我和何凌群说了这事,下午,我们双双辞职了。自此,我们和“清溪”文学社再无瓜葛(后来,它大概是无疾而终了吧)。

第二天下午放学,我骑自行车带着何凌群一起去他家,准备再借几本书。到了街上,一辆自行车猛地朝我们的车子别过来。我赶紧用手撑住街边的护栏,勉强停住了自行车。两个看上去流里流气的社会青年跳下车,劈头一拳挥过来,何凌群猛拽了一下我的胳膊,身子却挡在我前面,拳头落在何凌群的胸膛上,发出“嘭”的一声。这时,恰巧我姑妈下班经过,喊了一声,两个小青年推车跑了。

我永远都不会忘记:何凌群曾用孱弱的胸膛为我挡了

一拳。

高考如期而至。骊歌来不及唱，把酒言欢也不契合心境，那段时间我们去得最多的还是学校北门后的那座小山坡，有时候带本书静静地坐一坐，看看天，看看云，什么话也不说。更多的时候还是谈毕业后的方向，谈将来的相逢。小山坡的正北面是连绵起伏的大别山脉，其中有一座山峰因状似牯牛，名曰卧牛岭，牯牛的犄角就是峰顶。何凌群指着高耸入云的山峰，说："看，埃菲尔铁塔的塔尖！"我常常想：和何凌群同学在一起的这两年是我青春岁月中最珍贵的收藏，连那些不和谐的音符回忆起来都成了美丽的点缀。那时候离梦想那么近，近得似乎伸手可及。我们的梦做得很美：第一目标是北京大学中文系，选修首推法国文学，毕业后相聚在埃菲尔铁塔下，让巴尔扎克、雨果、罗曼·罗兰这些大师们故乡的风来沐浴我们的灵魂。

因为学籍还在铜陵，我匆匆忙忙赶回铜陵参加高考。临登小火轮（小型渡轮的俗称）之前我们将毕业照放大了互赠，在照片的背面落款、题字，何凌群给我照片题的是：

人生得一知己足矣，

斯世当以同怀视之。

我题的是：

坚韧地追求，无需成功与胜利的包票。即使前边是荒坟，也照样往前走。

录鲁迅《过客》笔意与凌群共勉

不过，越美的梦想，破灭得越快，给人以真实的幻灭感。经过漫长的等待，高考成绩下来了。我遭遇了人生第一次兵败滑铁卢：高考分数刚刚达大专线，与高考前的几次摸底考试成绩有天壤之别。暑假的那两个月是一段在痛苦中煎熬的日子，不堪回首。对于未来，我陷入了迷惘。前边真是荒坟吗？在我义无反顾前行的路边，还有许许多多盛开着的粉色的野百合、野蔷薇吗？我不知道。也许，上帝的一只手温柔地摊开，将梦想像一枚浆果一样安放在我们心中，另一只手却庄严地竖起，给我们揭示人生残酷的真相。这对立的两面才是人生真实的丰满。

因为考砸了，我没有再回枞阳中学，辗转去了铜陵一中插班复读。从枞阳的亲戚那里，我打听到何凌群的情况：高考分数超重点线18分，因为腿部残疾，被马鞍山商业专科学校录取。

开学后，我接到了何凌群的来信：

失败像闪电一样击中了我们，这是我们的宿命！但我们不可以倒下！像《老人与海》中的那个渔人，所有的荣耀终将归于那条大鱼的残骨！

心中的埃菲尔铁塔依然高耸……

复读一年后，我被铜陵财经专科学校录取（和马鞍山商业专科学校一个层次）。大一下学期，我收到何凌群的一封信，说他“一脚趟进了情感的河流”。我知道，他恋爱了。其时，我也狂热地恋着L女生。我迫切地要和何凌群分享我们青春的情感盛宴。于是，一个寒风凛冽的冬日，我去了马鞍山。

不必说相见时泪眼朦胧的拥抱，也不必说校园旁边的田埂被我们的双脚一次又一次地丈量，稻田里觅食的飞鸟好奇地打量着我们，又被我们旋而爆发出的笑声惊得快速地飞远。单是那天晚上的酒，真是多了，我们都说是呼啸寒风的怂恿。这不是我们第一次醉，但久别重逢的醉另有一番滋味。“将进酒，杯莫停”，真的，“会须一饮三百杯”又何妨？我给他描绘L女生：杏花眼，柳叶眉。巧笑倩兮，美目盼兮。最让我迷恋的就是她的眼睛，还有，她和我们一样来自江边的一座小城。何凌群大笑着说：“欲问行人去哪边，眉眼盈盈处。我就知道女孩最吸引你的就是一双眼睛，什么时候带我见见她！”

我对老伙计最关心的事，自然是“那道情感的河流”，湮没了他还是让他浴火重生。从老伙计脸上的光辉，我猜想她有由内而外的美丽。何凌群说她是个古灵精怪的女孩，开学一见面就喜欢上了。眼睛，对，我们对女孩的眼睛都有些苛求。她的眼睛大、乌亮，湖水一般的透明、澄澈而又幽邃。他给她写了一大堆情书，有几封他原样给背出来了。我为老伙计高兴。问到实质进展，却还没有一次正式的约会。而那个女孩的态度在我看来有些暧昧：既不拒绝，也不应允。她是不是只愿像卞之琳那首唯美的《断章》那样，成为老伙计梦中的一道桥上的风景？我心里有一丝隐隐担忧。我又在心里否认了自己的猜测：那诗一样滚烫的语言，哪个女孩能不倾倒？

晚上一起“倒腿”，翻来覆去睡不着。想再说说话，又怕影响舍友休息。索性，我们又起来了。这一夜，我们在稻田的空谷场上待到天明。因为酒劲没有散，不觉得冷，或者根本与酒没关系。无边的苍穹下，只有我们两个人，烟头暗红的光明灭着，交谈的话语随风飘忽。我记得，何凌群还朗诵了俄罗斯女诗人茨维塔耶娃的《献给勃洛克的诗》的最后一节：

你的名字是对双眸的亲吻，
是纹丝不动的眼帘的温柔的寒冷，
你的名字是对白雪的亲吻。
是凛冽的蔚蓝色的清泉，
心里装着你的名字——深沉啊睡梦。

整夜，我们都有川端康成《雪国》中所描绘的那种奇异的感觉：似乎满天的星光一下子都倾泻到我们心上。

毕业前，何凌群给我来了一封短信，告诉我工作单位定下来之前，写信暂先寄给他姐姐，还有，那个女孩一句话也没有说，把他写的所有的信都还给他了。而我的爱情同样短命，同样见证了我苦涩的青春。此后，各自为自己的命运奔波。马鞍山商业专科学校给枞阳县商业局写了何凌群的推荐信，评价很高，但是因为何凌群右腿残疾的问题，县商业局不愿接受，找了个当年没有编制的借口，把他打发到了汤沟镇供销社。而我因为家里人帮忙，去了省城的一家银行。

此后一晃就是八年。我们都过着四处奔波为稻粱谋的日子，相继娶妻生子，进入了随波逐流的生活轨道。通过几次电话，得知何凌群的妻子和他一个单位，身体状况正常，生了一个男孩，健康、聪明。趁前几年波涛汹涌的商业大潮，何凌群把供销社给盘下来了，生意做得很红火（枞阳中学的老同学Y夸张地说：他的生意都做到联合国去了）。老伙计那些年时乖运蹇，现在日子过得好，这让我非常欣慰。

一直约着见一面，总因为一些琐事脱不开身，直到一九九八年国庆节，我才来到枞阳，何凌群也从汤沟镇赶过来了。

我们还是在枞阳中学见面的。何凌群送了我一套罗素的《幸福之路》，用礼品袋包装得很精美，我给他带了一本罗素的《西方哲学史》。我笑了：到底是老伙计，这不是心有灵犀吗？

酒自然还是要喝的，不过都已不复当年的豪情。这些年我们都经历了不少事，也碰了不少壁，似乎有很多话要说，又不知从何说起。时间的流逝或不同的经历让我们竟然有些隔膜起来，还是我先打破了沉默：

"你和嫂子是一见钟情，还是日久生情？"

"都说不上。以前我问过她，为什么会选择我，她说：她从来没有见过大学生。你呢？"

"偶然的一次机会在亲戚家见到了，彼此印象还好。亲戚牵线，就成了。这些年，还在阅读、写作吗？"

“早就不写了，没有那种心境。我的书柜，已落了厚厚一层灰了。”

何凌群呷了一口酒，脸色有些微红起来。他突然显现出有些激动的样子：

“我一九九五年接手了供销社，这几年房子有了，车子也有了。过个年把，如果宅基地能批下来，准备再盖一栋别墅。到时候接你过来看看。”

“来，干杯！我先喝为敬！”

喝完杯中酒，何凌群开始说起他的店面和远景规划。

我脖子一仰，把杯中酒干了。然而，一阵悲哀向我心中袭来。

我并不以为自己在省城、有正式单位，就比何凌群高贵、有优越感。我不过一个小职员而已。我所悲哀的是，生活已经将何凌群打造成了另外一个样子，让我感觉那样陌生，让我联想到与诗、与哲学、与梦想无关或相悖的一些词句。虽然，何凌群现在的日子，照世俗的眼光来看，分明是很滋润的。

我没有清高到视金钱如粪土的地步。我也希望孩子有好的教育环境，房子能大一些，生活条件更加优越，这些不可或缺。现在，我在努力地逐步实现这些实实在在的愿望。但我又以为，我们不仅需要钢筋水泥的栖身之所，我们还需要腾出一块地方去安放灵魂。有了这块地方，在浮躁、喧嚣的尘世里，生命才有着落。这些年，我不间断地阅读、写作，就是在构建别人也许会以为虚无缥缈而我却以为同样不可或缺的精神家园。

我希望何凌群过好世俗的日子。我分明又希望何凌群擦去书柜上的灰尘，抑或拿起笔来写点什么，不只是去做一个追逐利润的商人。想到这里，我心情十分平静，收起键盘，靠在椅子上，渐渐进入了梦乡。夜里，我做了个梦，梦境里我和何凌群又回到枞阳中学，登上北门后的那座小山，何凌群指着卧牛岭那高耸入云的峰顶，说："看，埃菲尔铁塔的塔尖！"

棋友老张

二十世纪九十年代，我大学毕业分配至合肥一家省直银行。按照惯例，单位新进员工正式上岗前先要下基层锻炼实习。于是我手持人事部的接收函，来到皖北的一个小县城——蒙城的一家分支机构报到。到了一个偏僻的小地方，人生地不熟，北方的饭菜又吃不惯，日子过得无聊至极。闲时翻书，越翻越寂寞。不久棋瘾犯了，老下意识地食指与中指拈起一颗棋子，拍到棋盘上，但苦于无对手，只好打打赵治勋、小林光一的棋谱，聊以解馋。后来终于打听到城东有个方圆棋社。一个双休日的下午，我驱单车直奔城东。一看，人气很旺！里间有人在打牌、打麻将，外面大厅大概摆了四十张围棋桌，下一盘棋输者付五毛钱，茶水三毛一杯，添水免费。

还有四五张空位，我先坐了下来。这时，一个四十岁左右的中年人在我对面坐下。他面色白皙，戴着一副玳瑁眼镜，右边的镜脚接口部分破损了，用一根细细的铜丝固定着，浑身透出一股书卷气。让人印象深刻的是：他镜片后的眼睛看上去很清澈。我习惯性地抓起一把棋子准备猜先，他说："五十块一盘？"我笑了，说："不下彩棋。"他说："曹熏铉也下彩棋呢！"我望了他一眼，说："我不是曹熏铉。"他说："那就随便下吧。"那盘棋我从头到尾都落入他的步调，最后稀里糊涂就中盘负了。我很诧异：一个偏僻小县城的业余棋手，棋下得这么有模有样，要知道，我在大学里也是全校围棋业余十强。这不禁激起了我的斗心。

后来听方圆棋社的老板说，他是蒙城有名的彩棋杀手，不挂点彩，他是不轻易露真面目的。跟你下，还没怎么发力。他叫张明，大家都叫他老张。

我是不下彩棋的，这不是彩金多少的问题。业余棋手水平不高，但求道之心不可少。在棋盘上殚精竭虑，就是为了下出让自己满意的好棋。况且琴棋书画，棋乃"四艺"之一，挂上彩，就跟赌博差不多，岂不降低了围棋的格调。

但方圆棋社大部分棋手棋力都很弱，棋力相差太大下得就没什么劲，赢得太容易也就没有那种鏖战之后如释重负的喜悦。于是，我盼着和老张下棋。

从那以后，我每个周末都去方圆棋社，几乎每次都能碰到老张。从棋友断断续续的闲谈中，大略知道了他的一些经历。他是蒙城县下城乡人，恢复高考后的第二届大学生，师范学院的中文专业，在校成绩优异，本科毕业后本来是分配到县委宣传部，派遣证都拿了，名额却被一个有门路的学化学的同届毕业生挤了。父母都是农民，也找不到说话的地方。去找管毕业生分配的部门，打了一阵"官司"之后，把他打发到老家的一所偏僻的乡村小学教语文，说是"专业对口"。他自然咽不下这口气，回老家面子上又挂不住，就在县城找了一家民营企业做文档工作，相当于办公室秘书的角色。收入不高，但在县城生存下去没问题。

老张沉沦了一阵子。此后娶妻生子，生活慢慢安定下来，像无数碰壁者一样，碰壁的过程也是生命趋于平静的过程，因为生活总得继续。老张的故乡是皖北有名的围棋之乡。棋是下了三十多年，此刻的好棋，也有借棋中之趣浇胸中块垒的意思。因为本身底子好，几年鏖战下来，棋力大长，不仅蒙城的业余棋手无人能敌，在亳州棋界也杀出了名气。尤其中盘力量巨大，常常斩杀对方大龙获胜，江湖上棋友们送他一个外号——屠龙刀。关于“挂彩”，棋社的棋友给我出了个主意：如果真想和他真刀实枪地“战斗”，又不想挂彩，那就每次来带包烟，四块钱一包的红梅就行了。下完棋把烟留给他，算是彩头。

从这以后，老张就给我下起了指导棋。真正下起来，我才知道和老张的棋力差距有多大。因为还有点基础，我前面进步很快。先是让三子，半个月后让两子，两个月后让先倒贴五目半，下到让先倒贴目这个份上，基本上就下不动了。

“你的棋，基础还是不错的！棋理清晰，大局观也还好，官子收得也是合理的，看得出来，你是正规学过的。”他的眼睛在镜片后闪着光，说。

“可是，力量，力量不够，太弱了！比较而言，布局、中盘、官子，中盘更讲究技术和能力。地的问题，也就是目数够不够，也要通过中盘战斗来解决，在攻击中获利以致取胜。”

老张的眼睛更亮了，透过镜片似乎向外散发着光泽。左手拿着一颗棋子，右手指着棋盘上刚刚结束的这盘棋，又说：

“比方这个地方，当然要先镇头！关住再说。”

“‘屠龙刀’岂是虚名！”我的这句话三分恭维，七分实情，最近的几盘棋我次次被杀得人仰马翻。

“好好下！只要把中盘练出来了，你的棋，长棋的空间很大！”

天渐渐冷了，转眼就到了中秋节。“独在异乡为异客”，印象里，这是我第一次在外地过中秋节，深深体味到作为异乡人的感受。中秋这天是阴天，晚上并没有月亮，暗淡的星光更增添了寂寥与寒意。小县城似乎像一座被海水包围的孤岛，而我是孤岛上灯塔的守塔人。中秋夜，我蛰居的偏僻的小屋里灯亮着，从浓黑的夜色里远远望去，也确乎像一座孤岛中的灯塔吧。

百无聊赖之际，下意识地用手拈起一枚棋子。我想，如果此刻能下盘棋，大概能把心灵的虚空填得满满的。突然听到“笃笃”的敲门声，在暗夜里显得特别清晰。会是谁呢？开门一看，是老张！我又惊又喜，夸张点说，是那种久旱逢甘霖的心情！泡好茶，两个人二话不说，摆了起来。

这晚下了三盘棋，可能与一鼓作气、再而衰、三而竭的状态有关，后两盘质量差一点，但第一盘下得不错。从布局、中盘到官子，可指责的地方不多。以前总怕和老张白刃相见，总是退让，让着让着空就不够了。而这盘棋的中盘攻击很有章法，逼得老张大龙苦活。自和老张下指导棋以来，这是第一场胜局。复盘的时候，老张把这盘棋关键的几个胜负处又详细摆了一遍。

出门送老张，天已微微发亮。抬头一看，一轮金黄色的圆月斜挂在天际，清辉落个满怀，原来阴云已在夜里散去了。

有一段时间没见老张来棋社，打了两次他办公室电话没人接，我以为是出差了。和其他几个棋友下了几盘，虽不尽兴，也聊胜于无。闲聊的时候，棋友说老张因为赡养父母的事和家属吵架了。老张是个孝子，手头再拮据，每年都补贴老家父母一点。但这次行事不密，偷攒的私房钱被家属拿个正着，结果大闹了一场。

一个周末的下午，下了一场小雨。天灰蒙蒙的，雨又密又细，这样的天气最适合下棋。棋至中盘，渐入忘我之境，却听得棋社老板招呼一声："老张！"抬头一看，老张腋下夹着一把伞，已站在棋桌前了，面颊上一道细细的指甲划的血痕清晰可见。

"老张，这么长时间没来，是不是上山打老虎去了？景阳冈可得十八碗才能过啊！"老板笑着说。

大家哄笑起来。有的说老虎最厉害的一招就是抓，有的说武松打的是公虎，要是遇上母老虎，怕就没有武松打虎这个传说了。

老张的脸涨红了，嗫嚅了两下。我赶忙起身把他拉到座位上，说："摆棋，摆棋！"

蒙城的冬天，来得特别早，冷得特别快。立冬之后，河里就结了一层薄冰。周末睡个懒觉，吃完中饭开战，下完棋的时候天已经黑了。在棋社里下棋的时候不觉得，站起身才发觉手脚都冻麻木了。推开厚布帘搭着的玻璃门，外面已是万家灯火，一股寒风刀子似的扑面而来。自然，总要在棋社旁边的大排档，和老张搞几杯。两个鸡头，两块卤水肉，几杯酒下肚，两个人的话多了起来。总是先聊棋，酒越喝越多，话也越说越多。工作、恋爱、婚姻、家庭自然而然纳入话题。那时，我总担心回不了省分行，一辈子窝在小县城。

"你是下基层锻炼，回省城是迟早的事。而我呢？古人说三十而立，四十不惑，而现在让我困惑的事实在太多了。我的事你知道吗？"

"听说过一些。"

"我父母都是农民，好不容易把我供出来了。活了大半辈子，今天却几无安身立命之地。这世上没有公平，除了棋！”老张脖子一仰干了一杯酒，将酒杯重重地扣在桌上，愤愤地说。

“以你的才华人品，总有出头之日。”

我一时间不知该找什么话安慰他，愣了半天才说出这么一句。其实现在我知道，才华人品和出人头地并无直接联系，有时候甚至不挨边。不过那时候年轻，总以为“天生我材必有用”。

老张重重地叹了一口气，说：

“弃我去者昨日之日不可留，乱我心者今日之日多烦忧！”

第二年的春天，我收到了省行人事部的正式报到通知。因为走的时候实习鉴定、调档等琐事较多，时间又紧，只在电话里和老张道了个别。到了合肥，生活节奏很快，又忙着考学历、考职称，下棋时间大为缩减了，有近一年的时间都没摸棋。等到一切都安顿好以后，打老张的电话，接电话的只说一句：“不在这了！”就挂了电话。后来问蒙城的棋友才知道，在我离开之后不久，他就应聘去了深圳，具体在哪家公司，做什么，他们也不知道。

我与老张失去联系有近二十年了。这些年，我在生活的河道里随波逐流，有过碰壁的日子，也有过困窘的时候，

从一个充满梦想的青涩少年变成了一个庸庸碌碌的中年男人。我对老张的际遇由最初的同情，随着时光的流逝而转为理解。棋，一直在断断续续地下。每每想起老张，想起他镜片后清澈的眼睛，想起他说“你长棋的空间很大”那种欣喜的语气和神情，愈加怀念和他一起下棋的日子。不知何时才能与他相见！

第三辑

梅花山

清气若兰
凛气若梅
心中存此一股凛气
则何处没有梅花
何处不是梅花山

初 雪

这是冬天的第一场雪。

西北风在遥远的山那边呜呜叫着席卷而来，可到了村边，渐渐减弱为一缕尾音，融入深深浅浅的巷道，融入虚无。

这一缕尾音消逝的时候，天地间突然安静下来了。

山峰仍是和往常一样的肃穆，可颜色变淡了一点，有些像山水画里的轮廓，清冷，萧索。山脚下的河流是季节性河流，早就干涸了，因为雪，反倒有了一些滋润的湿意。

冬小麦还没有出苗，田畈一片苍莽，陷入深沉的睡眠。

小路上空荡荡的，不见一人。那些层叠凌乱的脚印，被雪一点一点遮蔽、覆盖，像在遮蔽、覆盖小路的记忆。

鸟在风中迅疾地翻飞，划过一道道雪线。

雪渐渐下得厚了。

下雪的声音响起来。用“响”来描述下雪的声音并不确切，那是一种很奇异的声音：不知道其源头，也不知道其去处，若有若无，若轻若重，若断若续，又缥缈又沉重，缥缈得像飓风中掠过的微尘，沉重得像大地的鼓点。

这声音分明笼罩了大地，笼罩了村庄。

天地间反而更有一种大安静在。

积雪覆盖原野与村庄的时候，橘黄色的灯光次第亮起来，无数束灯光像一把把锋利的剑刃，刺破苍穹，刺破天地间的大安静。

村庄像一盏点亮的灯，燃在天地间。

“噗嗤”一声，灯花爆燃的时候，村庄轻轻地颤抖了一下。

这尘世间温暖的所在，它有巨大的能量，绵绵不绝，足够让我们做一个关于冬天的温暖的梦，抵挡这初雪带来的冷。

梅　花　山

一日，寒风凛冽，友人W君邀请我同去梅花山。梅花山我不曾去过，但见过W君邮来的图片，繁花满枝，花朵密密匝匝，挤作一团，好似“乱哄哄你方唱罢我登场”。一热闹，便失了梅韵。

梅，和兰一样，宜疏、瘦、攲、驿桥边独有一枝梅，是宋词的画境。而兰呢？空谷满芳草，独有一株兰。这一枝梅，一株兰，可敌万千花色。春的消息，独从此中泄露。

梅和兰都是花中君子，但有一些不同。兰是优伶，“瘦影自临春水照，卿须怜我我怜卿”，招人怜。梅是隐士，

“零落成泥碾作尘，只有香如故”，使人慕。这一点上，荷与梅有几分神似，都是不可轻亵之花，尽管一个在水里，一个在地上。

不过，自从林逋写下“疏影横斜水清浅，暗香浮动月黄昏”之后，梅就成了肥腴媚艳之物，稍带一些暧昧。梅从山野、驿桥移进园圃，乃至案头，被育成各种姿态，眉眼可传情，渐渐沦为把玩的案头山水。林逋真懂梅吗？

王守仁的《传习录》一度是枕边书，上有一则记道：

先生游南镇，一友指岩中花树问曰：天下无心外之物，如此花树在深山中自开自落，于我心亦何相关？先生曰：你未看此花时，此花与汝心同归于寂；你来看此花时，则此花颜色一时明白起来，便知此花不在你的心外。

清气若兰，凛气若梅，心中存此一股凛气，则何处没有梅花？何处不是梅花山？

如此说来，梅花山不去也罢！

更衣的书

“更衣”，就是如厕，“如”在古汉语中是去、到的意思，通俗一点，就是上厕所、解手。还有叫上“1号”的，我至今也没弄明白厕所和“1号”有什么关系。我为什么要以更衣为题呢？别人看了可能会觉得“媚雅”，缺乏电子时代的直接和从俗。但我还是要慎重地打出“更衣”二字。因为在我，更衣总是和书联系在一起，如影随形，密不可分。书之雅，自然要更衣以为配。以前更衣的时候喜欢抽支烟，因为烟香能盖过粪臭，这是有渊源的。我的班主任看到我抽烟，曾语重心长地告诫我：“做学生嘛，不要抽烟。”碰巧有次和老师一起更衣，老师说："上厕所可以例外，烟味可除粪臭。"我如法炮制，但是发现这样效果并不佳：两种味道纠缠在一起，剪不断，理还乱。什么事一着了痕迹，便很难做到了无牵挂。后来我在更衣的时候喜欢看书，边看书边更衣，看书更衣两不误。书有书香。烟香伺候了你的鼻子，再深一点顶多伺候了你的肺；书香伺候了你的大脑，你的心。胡适说看书的时候就忘了打麻将，我在看书的时候慢慢就忘了更衣这件事，有了书香，就"久居鲍市不闻其臭"了。

这样说来，用更衣两字也就顺理成章了。

武侠书当然是首选。我赞同张艺谋的说法：每个男人，都有一种武侠情结。父母平时不让读武侠书，那时候考大学可是千军万马过独木桥的事。自己也舍不得读，非要蹲在茅坑上，才宝贝似的把书偷偷摸摸拿出来。我就在更衣时读完了金庸、古龙的书，但愿两位老前辈千万不要怪我。现在的厕所都很高档，有些地方还有五星级厕所。那时候，身体不好就难以完满地、爽快地更衣：厕所是蹲式的，前后左右没有隔挡等屏障，谁腿脚好谁蹲的时间长。要想看更衣的书，特别是有情节的，得身体好（所以我老师更衣从来都是带张报纸）。只可惜更衣之处空间太小，场地也不合适，比划不了降龙十八掌。

我大约在初二时读《红楼梦》，连续读到高二，按每年认真读两遍算，也有十来遍了。一套人民文学出版社出版的平装本《红楼梦》，大约12元，还记得书店营业员用很惊异的目光看着我，收下我来之不易的一大把零钱。封面是用那时很时兴的画纸包的。我们家在县二中的山上——其实说是山，也不过是个小土包。厕所是公厕，在相邻的一座山坡顶上，离家约100米。我常常在饭后一溜小跑去那儿更衣。厕所边是一片茶叶地，春天，茶叶吐青了，我蹲在厕所里开始读红楼。四周静悄悄的，隐约闻到一股茶香，读到“花落水流红，闲愁万种，无语怨东风”这段时，想起校门口池塘边也有一些不知名的野花，不知有没有落到水里；听到外边的鸟叫，“布谷——布谷——”，是布谷鸟，一只蝴蝶飞进来，又飞出去了。

《红楼梦》是第一本让我流泪的书，那种曾经沧海难为水的感觉一去不复返。其实这本书我并没有真正读懂，只是时间长了才慢慢懂了一些，比如爱一个人，日子久了，就成了一起面对面吃饭，相看两不厌。可惜，这些年颠沛流离为稻粱谋，这套书早不知遗失在何处了。若在谁手上，望能善待它。

法国文豪罗曼·罗兰的《约翰·克利斯朵夫》也是一本不可不提的书，在我的更衣史上，它是一个里程碑似的读物，有如埃菲尔铁塔之于巴黎。扉页上傅雷的译者献辞至今还能记得：唯有真实的苦难，才能驱除罗曼蒂克的幻想的苦难；唯有看到克服苦难的壮烈悲剧，才能够帮助我们承担残酷的命运。在我们战胜外来的敌人之前，我们首先要战胜内在的敌人。

我在高二时患上严重的失眠症，整夜整夜不能入睡，学习成绩直线下降，但每日功课依然要咬牙挺住。“挺住意味着一切”，里尔克的名言成为我的座右铭。也是从那时起，我开始体味到生的苦难。从前熟读的唐诗宋词里的凄风苦雨此时扑面而来，不再是一道绚丽的风景。我曾经和同桌何凌群——也是高中阶段最好的朋友，击掌相约同上北京大学，再相聚在巴黎的埃菲尔铁塔下。可是有一天课间休息时我对他说：我真想做一棵春生秋死的小草。《约翰·克利斯朵夫》是我苦难日子深处的一缕阳光、一个福音，读了，才得以拯救。拯救的地点在更衣之处，拯救的过程也就是更衣的过程。更衣之前愁绪满怀，更衣之后豪情万丈，揣着这本书，重新收拾心情咬咬牙向心中的圣殿进发。“江声浩荡，自屋后上升”。虽然人生的第一个梦想破灭了，但回首旧事，我无悔。如果没有《约翰·克利斯朵夫》，我能挺住那段残酷的青春岁月吗？

现在，我依旧在更衣时读书，以前在一篇文字里描摹过我和书的缘分，而读更衣的书现在已经是一种习惯。凡事成了习惯，就没了那种惟妙惟肖的感觉。我现在不读更衣的书，实在是因为更衣有些障碍。想起老师“更衣时读书容易便秘”的话，真是“不听老人言，吃亏在眼前”，但是也没有办法，我不想摒除这个习惯，就如不想戒烟一样。今天更衣时，我随手拿了一本《汉魏六朝诗三百首》进洗手间，翻到一页，是刘桢的《赠从弟》。刘桢乃“建安七子”之一，锺嵘《诗品》说：自陈思王（指陈思王曹植）以下，桢称独步。凡事讲求随缘，就让这首五言诗作为这篇文字的结尾吧：

亭亭山上松，
瑟瑟谷中风。
松枝一何盛，
风声一何劲。

蟋蟀的歌声

入冬前，我好几次在夜里听见蟋蟀的鸣声。倘若在夏天，这声音必是欢愉的，让劳顿了一天的人可以歇下来，坐在青石板上抽支烟，听它的歌声驱乏，听倦了也正是瞌睡来的时候了。可在暮秋，不免使人感到寂寥。

循声到院子里，却是万籁俱静，唯星星在夜幕中一闪一闪。月色如霜，踱几步，遂想起故乡来。张爱玲在《金锁记》里说：隔着三十多年的辛苦路往回看，再美的月色也不免带点凄凉。其实，若真是隔着三十多年的辛苦路往回看，月色必然较现在皎洁、明亮、有趣。我们现在已经忘记在夜晚行路时抬头看月亮的感觉了，要么骑一辆单车，要么在出租车里。城市的新贵们还有自己的奔驰宝马，都急匆匆往有灯火的地方赶去，吃顿饱饭，睡一场酣觉，积蓄搏杀明天的力气。而从前的夜晚，我们赶路时看着月亮，走一路，看一路，伴一路。四处虫声和鸣，夜晚的交响乐在月亮初升时演奏。我们能够分辨出油葫芦、金针虫、蝼蛄、步行虫的鸣声，这支乐队里最出色的当然是蟋蟀，只有它才将夜曲演奏得如此妙趣横生。

蟋蟀又名促织，夜明虫，直翅目蟋蟀科的常见昆虫。雄虫上颚发达，前翅上有发音器，两翅震动摩擦发出悠扬的鸣声。每到夏季的夜晚，虫鸣一片。而夏夜逮蟋蟀、斗蟋蟀，给我们带来了多少快乐。陈鸿、陈颢、李郡、我，我们父母都是同一所学校的老师，校园也是我们的后花园。白天，校园暑气很重，蝉吸了晨露，九点多就开始知了知了地聒噪。我们每人带一本厚厚的暑假作业，吃过早饭，搬两只板凳在梧桐树荫下，开始每天的ABCD和一元一次方程了。甲和乙会打架，X和Y也会打架，在纸上，他们厮杀在一起。忽然，头上挨了一下芭蕉扇柄，爸爸说："不要开小差。"我就说："知了在吵呢。"到了夜里，这才真正是我们的乐园！萤火虫忽高忽低地飘着，像无数颗小星星在游荡。"轻罗小扇扑流萤"，不过我们用的是芭蕉扇，方便赶蚊子。把萤火虫扑下来，放在玻璃瓶里，跑起来，在夜色里划过一道银色的弧线。借着萤火虫微弱的亮光，我们循着蟋蟀的鸣声，脚步轻一点，再轻一点，悄悄走近，蟋蟀警觉地停住了鸣声。我们敛声屏气地站着，月光下的影子交叠在一起，像张牙舞爪的怪兽。蟋蟀觉得危险已经过去，又愉快地唱起歌来，歌声暴露了它确切的位置。陈鸿、陈颢拿着瓶子照着墙壁缝口，我用一根蟋蟀草把它慢慢地往外引，李郡拿着一只装了一粒花生米的空烟盒托在缝口。蟋蟀卷动着触须，迟疑着，在分辨是敌是友。终于，它没有抵制住这个诱惑，钻进来了，这只夜晚的可爱的俘虏！

“嚁嚁、嚁嚁”，远处的蟋蟀应和着，鸣声却像是在我们耳边。

校门前有一条小河，平时村里人去淘米洗菜，天热的时候，洗澡乘凉。天色黑下来，月上柳梢头，男人铺张席子对着风口睡觉，女人们在说笑，划水泼水。

李郡问我：“你将来到哪儿去？”

“很远很远的地方。”

“多远呢？”

“爸爸说，把山翻过去，风吹来的地方，那儿最远了。”

“不对，海最远了，天下的河都流到海里。”陈鸿说。

我们坐在门口的青石板上，每个人都在为自己心里的远方发呆。月色漫上来，人声寂下去，河水哗哗响。

“看，有鬼火！”陈鸿说。校门左边有一片空场地，上体育课时就成了操场、球场，据说以前是荒坟。一团一团的鬼火飘忽不定，有一团朝这边飘来，大家喊着笑着朝家跑去。李郡说：“你送我回去吧。”树荫下洒下的月光像落了一地碎银，我和李郡并排走着，不时触到她的手，闻见她身上的香皂味，心扑通扑通直跳。到了家门口，李郡转过身，说：“你真要去风吹来的地方？”

李郡的爸爸李老师在学校教体育，我们斗蟋蟀都是李老师教的。他曾告诉我们，新中国成立后不久，像我们这般大时，他到山上砍柴，逮到一只“蛇蟋蟀”——将巢筑在蛇洞里的蟋蟀，红头青背，在虫市上卖了，得了两担米。

母　亲　谣

“小伢子要困觉，哦——崴（wǎi）——哦——”

孩子睡在摇床里，一睁眼，听到的就是这首母亲谣，看到的就是上方一小块帐子大小的天空。

谁没有睡过这样的摇床？主体是竹子做的，床脚木质，做成弧形。随便握住床柄、床头，甚至将脚搭在床脚上，就可以摇起来。

“小伢子要困觉，哦——崴——哦——”

谁没有听过这样的母亲谣？音阶单调，旋律单调，而内容翻来覆去也不过这一句话。

"小伢子要困觉，哦——崴——哦——"

这首母亲谣什么时候传下来的？不知道，每个人都是听着这首歌谣长大的。也许，村庄有了母亲，母亲有了孩子，这首母亲谣就诞生了，就流传了。

"小伢子要困觉，哦——崴——哦——"

母亲谣是女人的专利，母亲的专利。继承了母亲谣的传唱基因的女孩，当她们即将成为母亲的时候，母亲谣的旋律就像乳汁一样在身体里渐渐孕育。而当孩子呱呱坠地的时候，母亲谣也就像乳汁一样自然而然地喷涌而出。

生命的成长是母亲谣流传的介质，从母亲那儿听来的歌谣，自己的孩子将继续听。

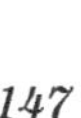

"小伢子要困觉，哦——崴——哦——"

偶尔，也有男人哄孩子睡觉的时候。男人只是摇床，一动不动地注视着孩子。

女人唱起母亲谣的时候，一定在男人心里激起了某种温情。

因此，那旋律也一样在男人心里回荡。女人和母亲合

而为一，传递着生生不灭的母爱。

“小伢子要困觉，哦——崴——哦——”

天空在摇床的上方摇来晃去，日月星辰在摇床的上方摇来晃去。一睁眼，太阳摇走了，月亮来了；一闭眼，白昼摇走了，夜晚来了。

“小伢子要困觉，哦——崴——哦——”

多少年过去了，故乡的草房换成了瓦房，牛车马车换成了卡车、轿车，唯有这摇床，还和过去一样。这歌谣，也还和过去一样。

母亲谣响起的时候，一霎间，世界也安静下来，与村庄一起专注地谛听这首古老的歌谣。

这传唱了多少年的母亲谣，注定还要继续传唱下去。

红 花 草

红花草是一种卑贱的植物。

红花草多在晚稻田中套播。“套播”是专业术语，其实，我所看到的，村子里人都是晚稻收割后随手将红花草的草籽撒在翻耕后的稻田里，此后便不再管它。

红花草还有一个别名，叫紫云英。这个名称自然高雅得多，可庄稼人从不用这个名称。或者，在他们的词库里就没有储存这个词。三四月份，红花草开始开花，稻田成片成片的紫红色，夹杂着星星点点的绿色，与赭黄色的田埂形成鲜明、和谐的对称，颇能赏心悦目，可是没有人拿它当花。它在本质上就是一种草。等红花草开过花、结了草籽，庄稼人就要在插秧前将红花草犁掉，充作早稻的基肥。

红花草确实是太卑贱了。

红花草和狗粪、牛粪等粪肥没有什么本质上的区别。它和稻子生长在同一片土地上，只要有一点阳光、雨露，它就抓住机遇努力生长、开花、结籽。它默默地给予土地，给予人，并以粉碎自己身躯的方式，来增强土地的肥力。可是，人们却很少关注这种卑贱的植物：没有人去浇灌，修剪、除去和它争抢阳光与水分的杂草，没有人对它进行田间管理，甚至没有人对它葳蕤的花势多看一眼。

人们已经习惯了红花草的付出。

从结果上看，红花草和田边生长的杂草有着同样的命运。不过稍有区别的是，杂草要连根锄掉，放在田埂上彻底晒死，以防来年发芽（现在，毒性强的农药也能够“斩草除根”）。红花草的叶、茎、种子在铁犁的滚动下搅碎，与哺育它的泥土融在一起。稻田里种过一季红花草，就不需要再撒草籽。来年春天，在料峭的春寒中，红花草按时地萌蘖、抽芽、开花、结籽，然后再融入泥土，开始新的轮回。

红花草这种卑贱的植物，多么像村子里的庄稼人啊：他们弯下身子，在太阳下、在土地上默默地耕作，种下稻谷，种下麦子，种下蔬菜，种下我们需要的一切。当他们耗尽最后一颗汗珠的时候，也像红花草一样默默地融入泥土，占用巴掌大的一块地方，永远地成为土地的一部分。可是，当我们享用他们用汗水换来的果实时，我们的心底有没有留出一小块空间，用来储藏对他们的敬意？

为此，我心怀感恩，并敬重红花草这种卑贱的植物。

七夕之夕

乡下过七夕不叫七夕，也不叫乞巧节，而称之开天门，是说七夕夜半时天门大开，能看到天门里的天兵天将和牛郎织女相会的都是厚福之人，不仅一年运程好，且纵隔千里亦必有缘。我从来只看见一条横亘的白茫茫的银河，至今连牛郎织女星都认不出，自然看不到天门，更不提鹊桥会。不过那首乞巧歌倒是听邻家阿玲姐姐唱过：

乞手巧，乞貌巧；

乞心通，乞颜容；

乞我爹娘千百岁；

…………

乞得如意好郎君。

乡村的夏夜颇热闹，蛙鸣、虫唱、狗吠，不远处水流潺潺。大人们吃过晚饭后搬张竹床到稻场风口上纳凉，抽自带的黄烟，喝苦茶，谈闲天，说到精彩处，爆发出一阵笑声，旋即又寂下去，被蛙鸣虫唱覆过。伙伴们夜里多在稻场上玩闹，但平时即便有月亮也不能玩到夜深，因为大人们说后山里有山魈，专门在夜半时出来吸小孩的脑髓。七夕则不同，天门开了，天光照下来，山魈害怕便遁去了。

阿玲家和我家的后院连在一起。吃过晚饭，她穿过葡萄架就进了我家院子，敲敲窗户，说："快点，出来。"我们一溜烟跑到稻场上，伙伴们早已跑前跑后地玩开了。躲猫猫是我们平常玩得最多的游戏，我常躲在葡萄藤下、稻堆里、门后边，喊一声"好了"，等伙伴们来找我。但稻场空旷，无藏身之处，我们就换玩"门对门"，就是六七个人分成两组，用手帕或碎布蒙着眼睛面对面站着，唱一首歌互相跑过来，撞到一块，哪一组跌倒的人多，便是输了，输了的再分成一组接着玩。那首歌其实也不算歌，只有数句：

马兰头　马兰头

淘淘切切屋后头

做“门对门”累了，我们就坐在碾稻谷用的石磨上等着看开天门。月色如水，天上的星星如贝壳养在水里，云不时像叶子般在水面上漂来漂去，星星时隐时现。夜半到了，稻场爆发出伙伴们的阵阵欢呼：“开天门了，开天门了！”有的说看到牛郎挑的担子了，有的说看到织女的织布机了，还有的说听到仙女唱歌了。阿玲问我看到没有，我说没有，里面有什么，跟我讲。阿玲说：“笨呢！织女，嫦娥姐姐，王母娘娘，多着呢！走，到大额娘家去。”

大额娘额头大，村里人说耳朵大额头大有福，不叫她本名，只称大额娘。额与鹅同音，我们都叫成“大鹅娘”。大额娘家并没有养鹅，倒有一大群嘎嘎叫的鸭子，脖子一伸一伸地在地上寻食。她家院子里还有一棵高大的枣子树，我们去了，大额娘必定会拿竹竿打枣子给我们吃。吃过枣子，我们就央求大额娘讲故事。大额娘就讲七仙女怎样变着法子路遇董永，槐荫树开口给董永七仙女做媒，有了媒妁之言，便是一段尘世姻缘。还有女狐晚上变成美女勾引书生，书生不知，精气被吸走了。我们问什么是精气，大额娘说人活着就凭一口精气，没有了精气就没命了。大额娘家闺女水娟那时还待字闺中，人极安静，见人只是笑，后来嫁到邻村七井去了。迎亲那天，我们跟着水娟娘家人一路跑到七井,抢了满满一怀糖果、烘糕回来。

阿玲手巧,她镶的手帕、荷包袋,连村中最善织绣的老人都说好。大额娘总夸阿玲手巧如织女,将来定有个好夫婿。阿玲送过一个荷包袋给我,里面还放了一颗她哥哥在后山采的红豆。作为回报,我把家里电影画报的封面撕下来给她包书。红豆并不是我后来读到的“红豆生南国”中的红豆,它是黄金木结的果。黄金木是一种野生灌木,长在后山崖上,因树干、树根都是暗黄色的,故村里人叫它黄金木,果实成熟后颜色鲜红,粒粒状如珊瑚,放久了,颜色会变成紫色,但不腐烂。黄金木根是珍贵的中药材,又因只长在后山崖上,殊难采摘。阿玲送的红豆我每天都拿出来玩,把它当作弹珠往地上的洞里弹,放了好几天,终于忍不住咬了一口,酸酸的,有点涩嘴。

自负笈离乡,抬头看星星的日子远去了。这些年只顾着东奔西走为稻粱谋,我竟没有好好地看一回星星和月亮,也渐渐淡忘了七夕。我似乎给妻子送过花,也不记得是什么日子,但不是七夕。这几天下了场雨,难得凉快,我拿了一把竹椅坐在葡萄藤下乘凉。今夜虽没有月亮,但沉云的边缘有一点一点的星光漏出来,透过葡萄叶洒下一地斑驳。妻子递给我一杯茶,说:“知道今天什么日子?”我说什么日子。“今天七夕呢,不要你送花,写些字也是好的。”

于是,便成了落在纸上的这些。

归　隐　思

我体胖，夏天，于我一直是苦夏。合肥是沿江四大热城之一，夏天的热就像《法华经·譬喻品》中的火宅，简直要把人烤成木乃伊。才子金圣叹《不亦快哉》：“夏七月，赤日停天，亦无风，亦无云；前后庭赫然如洪炉，无一鸟敢来飞。汗出遍身，纵横成渠。置饭于前，不可得吃。呼簟欲卧地上，则地湿如膏，苍蝇又来缘颈附鼻，驱之不去。正莫可如何，忽然大黑车轴，疾澍澎湃之声，如数百万金鼓。檐溜浩于瀑布，身汗顿收，地燥如扫，苍蝇尽去，饭便得吃。不亦快哉！”我到夏天，不仅没胃口，饭“不可得吃”，睡也睡不好，总是迷迷糊糊的，梦像泡泡一样一个接着一个往外冒，醒来全无踪迹。即便有一场大雨，合肥的天气，大概也只能管个半天凉。在我印象里，似乎从未有过“不亦快哉”。

清人张潮《幽梦影》：“读经宜冬，其神专也；读史宜夏，其时久也；读诸子宜秋，其致别也；读诸集宜春，其机畅也。”张潮的话说得十分别致，居然有人按图索骥“冬日读经，夏日读史”。最近访问的一家“夏读史”网，其名由来即在于此？我以为，冬天，特别是雨雪天，窝在家里就着雨雪声读书，只要是自己喜欢的，经、史、子、集无一不可。而夏天，还是读一点心生清凉的为好。我在夏天，倒是读经较多。这里的经，并非子曰诗云，乃是佛经。佛经，于我就是一剂苦夏的清凉引。我每每在三伏最炎热时默诵《心经》，或《金刚经》的那首五言偈语：

一切有为法　如梦幻泡影
如露亦如电　应作如是观

诵完偈自然做不到当下即空，也未簟席生凉。不过，心却是渐渐沉静下来，虽未达到水流石不转的地步。再看看窗外的车水马龙，繁华喧嚣，遂起归隐之意。就像久羁苑囿的麋鹿，虽无果腹之忧，却顿起长林丰草之思。

古代读书人素有归隐的传统，不过归隐有真有假。假隐是为了沽名钓誉，到底还是想走入仕的捷径，唐代曾任职门下左拾遗的卢藏用就是个典型。《新唐书·卢藏用传》记载"（卢藏用）与兄征明偕隐终南、少室二山。……始隐山中时，有意当世，人目为'随驾隐士'。晚乃徇权利，务为骄纵，素节尽矣。司马承祯尝召至阙下，将还山，藏用指终南曰：'此中大有嘉处。'承祯徐曰：'以仆视之，仕宦之捷径耳。'藏用惭。"后世遂有"终南捷径"之讥。自隋唐开科取士以后，寒门士子投身仕途的机会多了。在一次科举考试结束后，唐太宗李世民看着端午门鱼贯而出的新科进士，得意地说：天下英雄尽入吾彀中矣。不过有大才华、不屑于走科举老套路（或因客观原因走不通）的读书人，出仕前的归隐仍是必修课。譬如诗仙李白。"白酒新熟山中归，黄鸡啄黍秋正肥"的田园风光固然美妙，但唐玄宗诏书一到，立马"仰天大笑出门去，我辈岂是蓬蒿人"（《南陵别儿童入京》）。但李白没想到的是西去长安不过做个御用文人——等哪天唐玄宗、杨玉环有心情了度几支新曲，梨园子弟粉墨登场，"长得君王带笑看"。"天子呼来不上船"，却是扶摇直上九万里的报国梦破灭之后的行径。当然，这是后话。

既然归隐，当然要真隐，像伯夷叔齐，像竹林七贤，像严光，像陶渊明。但我以为不必一定去远离人烟的深山老林，隐在于心而不在于物，“心远地自偏”。我要归隐，自然得找个有山有水的所在。山，未必要怪石嶙峋、松涛阵阵；水，未必要江河湖海、波光粼粼，有个山水的意思在即可。合肥市郊的大蜀山，肥东的紫蓬山，潜山的天柱山，再远点的宣城敬亭山，徽州青龙山，哪座山中不藏明月？至于水，河流、湖泊、池塘乃至溪流，哪条水上不流清风？不过，高山大川亦有高山大川的好处：山高可看月小，水远能棹孤舟。

我要有一处好的居所。隐居不是苦修，不是找罪受。“环堵萧然，不避风日”，这样居住环境的隐居必不得长久。砖瓦结构、木结构都可，燃气、自来水不奢求，但电一定是要通的。夏天没有空调，如何度夏？但是通了电，还是砖瓦结构的好，木结构电线短路容易引起火灾。通电的问题又决定了隐居的地理位置，适当的偏远固然更宜于归隐，但总不能为你一个人架高压线吧？所以有些远意即可。最好是一座山村的边缘地带，距离山村有些路，一二十里的路程，起一座能解决通电问题的两层楼，院子还是大一点的好，厕所须干净。菜可以种在邻近辟出来的菜地里，但果树还是种在院内。春天看花，秋天摘果，冬天看瘦金体似的枝干。夏天夜深起露了，我可以搬一把藤椅在树下纳凉，看树叶间漏下来的一点一点的星光。

有山的地方必定有水，但山水俱佳的所在总是极少，若有便成了旅游胜地，又不适合隐居了。所以，只要能"看山是山，看水是水"，便是隐居的好山好水。这水，规模大一点像武夷山的九曲十八溪，那么棹一叶扁舟，穿越清晨与黄昏，日子过得悠悠长长弯弯曲曲，一天仿佛一年。如果小一点，像水深刚过脚背的溪流，那么沿着水边不知名的野花指引的路，看水的流处，"行到水穷处，坐看云起时"，何尝不是诗意栖居？更多的日子，白天我在水中淘米、洗菜，担水做饭。水缸中养几只鱼虾，静水须有活物，才能养出水的生气。人要吃有生气的菜肴，也要饮有生气的水。夜晚，听潺潺流水，和着风声、虫鸣声入眠。时而，天籁会轻轻叩击梦中的一轮明月。

我与山中的小兽做朋友，与水中的鱼虾做朋友，与耕田的牛、吃草的羊做朋友，更要与村中地地道道的庄稼人做朋友。蹲在田埂上，我认真、虚心地向庄稼人请教插秧、除草、播种、收割，这些都是耕植自给的必备技能。倘若他们留我吃饭，那也不必客气。不过下次再去，不可空手。

至于饮酒，年轻时我是逢酒必饮，饮必醉，醉则大歌而归。现在酒至微醺即可，但不可“既醉而退，曾不吝情去留”。农家人都很注重人情往来，既应了人请，就要多待一会。我要和他们说说酒话，唠唠今年的雨水，明年的收成。遇有婚丧嫁娶，我也要随份人情。亦有“引壶觞以自酌”的时候，多半是“戴月荷锄归”之后的小憩。喝点解乏的小酒，看看星月，想到那首最喜欢的《花间独酌》，或许会笑骂一声：“李白这个酒鬼！”

看书无所谓了，一本书都不带。隐居不是来做学问的。况且自然是一本大书，流云是天空写下的字，树木是大地写下的字，岁月自动翻页。可是，这天地间的大寂寞究竟是弥漫着，升腾着，像无可消解的大雾，又像沉重的火焰，给你不可承受的压迫。所以，诗还是要写的。念给山听，念给溪流听，念给芦苇听，念给星月听。也不打算誊录下来流传后世了，念完了就当作引火的柴火。毕毕剥剥摇曳的火苗，留住它最后的一瞬。

不过这个归隐梦能否实现，我没有把握。起二层楼的钱差不多有了，以中国之大，找这样的一个地方似乎也不是特别难的事。但如何能放下一切，遁世而隐?《观无量寿经》云：是心是佛，是心做佛。六祖《坛经》云：心生种种法生，心灭种种法灭。既然山河大地皆从心而化，那么这些，也就算我心境所化吧。

粗服乱头

我最近睡前喜欢读点随笔，尤其是书札、尺牍、序、跋和篇幅短一些的骈文。这些文字最适合枕上读，一来篇幅一千来字，节省时间，不耽误睡眠。二来笔调随意，内容信马由缰，最宜于入眠前的过渡。清词人周介存有一段论词的文字："毛嫱，西施，天下美妇人也。严妆佳，淡妆亦佳，粗服乱头，不掩国色。飞卿，严妆也。端己，淡妆也。后主，则粗服乱头矣。"抛开周介存的评价是否公允不论，我是越来越喜欢粗服乱头的文字。

粗服乱头是从气质、性情中流出来的文字，不是"做"

出来的，也不是“炼”出来的。常言道“唐诗晋字汉文章”，我以为，两汉的大赋做文章的架子端得太足，十年写就一赋是否存心要流传后世？而魏晋六朝非字独好，画也好，文也好。魏晋六朝人都有一种“画乃吾自画，书乃吾自书”的张扬个性，这是魏晋风骨的内核。粗服乱头这四个字出处在南唐后主李煜，但李煜亡国前写过“烂嚼红茸，笑向檀郎唾”这样的艳词。而东晋陶渊明的文字纯粹是中国写意山水的底色，唯黑与白，笔与墨，平淡之极。宋儒朱熹说：“渊明诗，人皆说平淡，余看他自豪放，但豪放得来不觉耳。其露出本相者，是《咏荆轲》一篇。”朱熹一生倾心理学，于诗赋并不十分用力，其所注《诗经》亦多附会之辞。其实，无论“归去来兮，田园将芜胡不归”的归田，“偶有名酒，无夕不饮”的饮酒，“忘怀得失，以此自终”的自况，还是“其人虽已没，千载有余情”的咏史，陶渊明文字的底色都是平淡。

譬如李白，“秀口一吐，就是半个盛唐”。我亦从不认为李白的诗（或文）是做出来或炼出来的。李白的诗文固然大部分看上去气势磅礴、色彩瑰丽，但我以为本质上还是粗服乱头。“抽刀断水水更流”的满腹牢骚，“安能摧眉折腰事权贵"的豪放不羁,"蜀道之难难于上青天"的千古喟叹,"花间一壶酒"的低徊悱恻,"浮生若梦,为欢几何"的愁怀难遣,都是自自然然流出来的,似一段截不断的巫山云雨,飘然而来,忽然而去。又似一条河发源于雪山,山岭也好,沟壑也好,平原也好,都不能阻挡它一路流去,再锋利的刀也斩不断,用时间作刃也斩不断。这样的文字与其说有才华,毋宁说是有气质。年轻的时候我喜欢曹操的慷慨悲歌,忧从中来,喜欢杜甫的伤时忧世,沉郁顿挫,现在年纪见长了,却转而喜欢李白的一片漫无心机。

一直对宋史兴趣很高。原因有三:一者,因为"不杀士大夫及上书言事人"的祖制,比较而言,历代唯宋代读书人(士子)外部环境最宽松。比如苏轼的乌台诗案,要在文字狱大兴的明清,早咔嚓一声人头落地了。二者,宋代名臣辈出,学识文章又都很好。比如范仲淹、司马光、王安石、欧阳修、苏轼。再不济,像柳永那样"忍把浮名换了低吟浅唱",文艺范儿也很足。三者,自欧阳修领军发起古文运动,有宋一代古文大家辈出,唐宋散文八大家有六家在宋代。而我最喜欢的古文作家都集中在宋代,尤以苏东坡、欧阳修为甚。

桐城派方苞说“作文在韩欧之间”，但我一向不喜欢韩愈的文字。我总觉得韩愈作文像教师爷上课，文字缜密，义理讲得也很透彻，但座中人多少有点昏昏欲睡。又像是在做演讲，修辞精当，慷慨激昂，但讲得太透了，没有余味。“欧公学韩文，而所作文全不似韩，此八家中所以独树一帜也。”（清人袁枚《随园诗话》）袁枚说的是大实话，但我初读欧阳修时可想不到欧阳修尊韩重韩，后来读了点文学史才知道有“文以载道”一说。我以前上学的时候曾备有古文读书笔记，《醉翁亭记》即放在次篇（首篇是《前赤壁赋》）。不过《醉翁亭记》固然是千古名篇，但是它太完美了，完美得有些不真实。（《朱子语类》记载：《醉翁亭记》初稿“初说滁州四面有山，凡数十字。末后改定，只曰‘环滁皆山也’五字而已”，可见此文修改痕迹过重。）而我读到的欧阳修给友人的一封书信《与梅圣俞书》，若与《醉翁亭记》放在一起则大有妙趣：

某启：为亲老久疾，乍进乍退，医工不可用，日夕忧迫，不知所为。盖京师近上医官，皆有职局，不可请他；兼亦傲然，请他不得。近下者又不知谁可用？亲疾如此，无医人下药，为人子何以为心！京师相知少，不敢托他。告吾兄与问当看有不系官医人，或秀才处士之类善医者，得一人垂报，待差人赍书帛去请他，幸为博访之，圣俞闻此，必挂意，更不奉祷也。如有所得，亦速遣此人回。其他不暇忉忉。

欧阳修作为北宋文坛领袖，在奖掖后进上也不遗余力。嘉祐二年，欧阳修任礼部贡举主考官，读到苏轼的《刑赏忠厚之至论》《上梅直讲书》时说："读轼书，不觉汗出。快哉，快哉！老夫当避路，放他出一头地也。可喜！可喜！"其实欧阳修就是不避路，在宋代"佑文"的风气里苏轼迟早也会脱颖而出。我喜欢苏轼的程度高过欧阳修，甚至高过李白。苏轼少了一份谪仙人的仙气，却多了一份旷达，诗、词、文、字、画，样样都开一代风气。不仅喜欢苏轼的汪洋恣肆，姿态横生，落墨成趣，连带他一肚皮的不合时宜也喜欢。《前赤壁赋》也是读书笔记里多次圈点过的，不过我总以为此文还是有些"做文章"的意思。而《喜雨亭记》"做文章"的意思就少了，意思愈出而不穷，笔态轻举而荡漾，还有一种和《醉翁亭记》一样"大珠小珠落玉盘"般的音韵美。苏轼的尺牍、书札则完全没有"做文章"的意思了，譬如《书砚》：

砚之美，止于滑而发墨，其他皆余事也。然此两者常相害，滑者辄退墨。余作孔毅夫砚铭云：涩不留笔，滑不拒墨。毅夫甚以为名言。

砚之发墨者必费笔，不费笔则退墨，二德难兼，非独砚也。大字难结密，小字常局促，真书患不放，草书苦无法；茶苦患不美，酒美患不辣。万事无不然，可一大笑也。

读到这样的文字，读者诸君恐怕也要不觉做莞尔笑吧？

现代学人都说明代学术空疏，这大概主要针对经学而言。宋代的理学家已经走不出道与器、天理与人欲的圈子了，此后改造宋学的陆王心学则向心外无物、心外无法的虚妄一路去，造就了一些根基不牢的“假把式”，结果是“平时袖手谈心性，临危一死报君王”。而经学对于读书人，从来都是“经世致用”，所以才有“半部《论语》治天下”的说法。《红楼梦》中的贾宝玉就是因为“潦倒不通世务，愚顽怕读文章”，才挨了好大一顿板子，害得老祖宗差点要和贾政脱离母子关系，害得林妹妹的泪又多淌了几回。就文学而论，除了章回体小说，明人也有点小尴尬：诗被唐人写尽了，长短调被宋人谱尽了，杂剧被元人编尽了，古文有横亘如山峰似的八大家。即便章回体小说，也有清朝集大成的《红楼梦》。不过假如不嫌气象小的话，中晚明的小品文还是很值得一读的，不乏粗服乱头之趣。譬如张岱《西湖梦寻》中的《湖心亭看雪》：

崇祯五年十二月，余往西湖。大雪三日，湖中人鸟声俱绝。是日更定矣，余拏一小舟，拥毳衣炉火，独往湖心亭看雪。雾凇沆砀，天与云与山与水，上下一白。湖上影子，惟长堤一痕，湖心亭一点，与余舟一芥，舟中人两三粒而已。

到亭上，有两人铺毡对坐，一童子烧酒，炉正沸。见余大喜，曰：湖中焉得更有此人！拉余同饮。余强饮三大白而别。问其姓氏，是金陵人，客此。及下船，舟子喃喃曰：莫说相公痴，更有痴似相公者。

把读过的现代白话文过滤一下，就只剩下一个周作人了。我读《雨天的书》《看云集》等集子，找到了读陶渊明的感觉。从我的阅读体验而言，我认为周作人的气质和陶渊明最相近，一样都是从性情、气质里流出来的文字。《若子的病》中，若子（周作人的小女）曾病重至垂危，医治及时终于又好了，巨大的喜悦和拳拳父母心在“我”却淡淡地道来：“我们今年竟没有好好地看一番桃杏花。但是花明年会开的，春天明年也会再来的，不妨等明年再看。”《初恋》中，曾经的一往情深，最后却化作近于理性的淡淡的一句收尾：“我那时也很觉得不快，想象她的悲惨的死相，但同时却又似乎很是安静，仿佛心里有一块大石头放下了。”周作人的文字没有一句“漂亮话”，通篇读下来却有一种平淡中的醇厚，其妙处实如羚羊挂角无迹可寻。特别是其序和跋，一样大有佳处。《雨天的书》自序一：

今年冬天特别的多雨。因为是冬天了，究竟不好意思倾盆的下，只是蜘蛛丝似的一缕缕地洒下来。雨虽然细得望去都看不见，天色却非常阴沉，使人十分气闷。在这样的时候，常引起一种空想，觉得如在江村小屋里，靠玻璃窗，烘着白炭火钵，喝清茶，同友人谈闲话，那是颇愉快的事。不过这些空想当然没有实现的希望，再看天色，也就愈觉得阴沉。想要做点正经的工作，心思散漫，好像是出了气的烧酒，一点味道都没有，只好随便写一两行，并无别的意思，聊以对付这雨天的气闷的光阴罢了。

人都说董桥的文字好，我抱着老大的希望去，又带着老大的失望回来了。不是说董桥的文字不好，董桥的好是“淡妆亦佳”的美妇。看了《青玉案》，其他的就不怎么想看了。总之，周作人之后再未看到那样平淡的好文字了。至于我自己，操练文字的营生一直在做，不过我对自己的文字却是“如切如磋，如琢如磨”。西施捧心，人觉得可怜可惜，东施捧心，人觉得可笑可厌。我自己实在没有粗服乱头的本钱，所以，文章还得去“做”。学不了古人的神韵，那

就学几分形似吧。周作人在一篇文章里说“作文以三页纸为限”，我看了古今人的尺牍小品，看了《雨天的书》，也给自己定了个规矩：以后假如偶有心得，又想付诸笔墨，就以三千字为限。不过，自己定的规矩自己却屡屡犯禁，说到底，这还是自己没有粗服乱头的本钱。

风吹来的地方

当我沐浴着
激荡的江风与海风的时候
我总不能忘记我的初心
我曾一次次地
追逐着风的方向
走向风吹来的地方

我的小学

和村子里其他的孩子一样，四五岁的时候看着大小孩背着书包上学心里羡慕得很。到了六周岁，就是常说的适龄儿童，轮到自己要上学，却对学校充满了恐惧。因为父母都是学校老师，不需要什么正式的报名手续，只要跟校长打个招呼，开学父母领着去就行了。到了开学的日子，我感觉像上刑场似的，赖在家里就是不肯挪步。妈妈哄了半天也没用，最后爸爸不耐烦了，一把揪起我的衣领，将我揪到风磐小学。就这样，一九七七年九月一日这天，我正式成为风磐小学的一名学生。

因为场地的缘故，风磐小学的教学点分为两处，一、二年级设在周家祠堂，三至五年级设在风磐小学本部。据老一辈的人讲，周家祠堂沿用了两百多年，以前家族发生的重大事件如祭祖、议事等，均在祠堂举行。村里人习惯叫它祠堂小学，相当于现在的分校。

村子只在干滩边有一条通县城的大路，上街、下街的街道平时主要发挥菜市场的功能，但九十点钟以后，菜贩子把稻箩、筐、秤、卖剩下的菜等一收，街道又变成村子里的交通主干道。除此之外，都是弯弯曲曲的小路，盘根错节地蜿蜒在巷子里。祠堂位于村子的中央地带，通过无数条巷道和外界联结在一起。我左一拐右一拐地穿过巷子，大概十分钟，就能从家走到学校。祠堂青砖灰瓦，门楼高耸，围墙将近两米，仰起头向围墙上方望去，那尖翘的屋檐斜斜地伸出来，琉璃瓦在阳光下闪闪发光，这在周边一片低矮的泥墙土屋之中，真是鹤立鸡群。进门是一方长满青苔的青石板围起来的长方形的天井，雨天的时候，天井蓄满了水，无数不知名的小虫子在水里游来游去。天井北面是堂屋，也是祠堂的主建筑，大约四十平方米，左边、右边各有两个逼仄的厢房，厢房里面堆满了废农具、柴火之类的东西。堂屋的屋梁非常高，因而整座建筑显得高大、空旷。靠近屋檐的椽子下边有一个燕子窝，像是长在椽子上的一朵蘑菇。到了春天，总有两只燕子飞进飞出，衔来树枝、泥土、羽毛，和着自己的唾液筑固旧巢。看门的张老头说，这两只老燕子年年都来。到了四五月份，燕子进进出出得更加频繁。不多久，我们开始听到燕窝里啁啾的小燕子的叫声。有时候，小燕子将头伸出燕窝好奇地张望着。我们数了数，一共有三只。眼力好的，能看清小燕子淡黄色的喙。

堂屋就是我们的教室。

过了两个星期，我开始对学校有了依恋感，每天惦记着上学。有时候早晨妈妈做饭慢了，我就一迭声地催着，生怕迟到。一、二年级一起大约四十人，都在堂屋，一年级的座位靠里面，二年级的靠外边。有时候一年级上语文的时候，二年级在上算术。于是，里边一侧书声琅琅地背āōē，外边一侧掰着手指头算二位数内的加减法，互不干扰。一、二年级的课程只有语文、算术。语文老师是个五十多岁的老头儿，背有点驼，背地里我们都叫他周老驼。周老驼最喜欢朗读课文，而且从他摇头晃脑的样子可以看出，他对自己的朗读是很得意的。一年级开始学拼音，作业就是背拼音、抄拼音。二年级的语文课则是千篇一律地学生字、抄生字、背课文。他给我们布置的语文作业中，除了将生字抄多遍以外，最让我们头疼的就是背课文。因为不论课文长短，一律篇篇过关。下午放学后，手里捧一本书、一排站在墙根边的，不用说都是背书没过关的。于是，教室里一片嘤嘤嗡嗡的背书声，和椽子上燕窝里的小燕子一阵阵的啁啾声交织在一起。不过，等到老燕子回巢的时候，再没过关，周老驼也得放我们回去，因为一会儿天就要黑了。

我读小学的时候，语文还对付得过去。周老驼经常夸我记性好，背书快。但是我对数字的感觉比较迟钝，算术课老是被老师留堂，而且算术留堂的就固定那几个人，其中以我和大卵子留的次数最多。算术老师的形貌我已经记不清了，我只记得下午放学后，被语文老师留堂的同学捧着一本书，站在那儿叽里呱啦地背课文。而我摊开发下来的算术作业本，上面几个醒目的红笔画的“×”，就像一张张大笑着咧开的嘴，好像是在嘲笑我：这么简单的加减乘除，算来算去怎么就算不出正确的结果呢？等到背书的同学都过了关，背起书包回家了，我和大卵子还坐在课桌上挤眉弄眼。算术老师总是不言语，搬张凳子坐在讲台上批改总也改不完的作业。天已经擦黑了，老燕子都已回巢了，一窝燕子叽叽地叫着，在我们听来，就像是它们在准备吃晚饭了，商量着上哪道菜呢！算术老师和语文老师不一样的地方就是，他等到天黑也要等到我们的家长来，否则不会放我们走。最后的结果，自然是我妈妈和大卵子的妈妈来接我们。大卵子的妈妈一路上拽着他，给他吃"竹板炒肉丝"。我妈妈倒从来没有因为学习打过我。暮色里的那些熟悉的弯弯曲曲的巷路，走着走着，我总觉得像走进一座迷宫。直到眼前的灯光次第亮起来，我才辨别出家的方向。

到了三年级，我们回到风磐小学本部上学。风磐小学离干滩约有三百米，离梨园更近了，大约有一百米。春天梨花开的时候，我们都能闻见花香。而夏天，梨子挂果了，那黄澄澄的梨子就在我们眼前晃悠。不过，因为有看园的老九，没有人敢去偷梨。校园并不大，里面种满了冬青树，围成了一个四四方方的园子。冬青树的树叶上有蚂蚁酿造的蜜，亮晶晶的，黏稠，吃起来比水果糖还要甜(至于蚂蚁到底能不能酿蜜，我到今天也没弄明白。但那树叶上的蜜，我和小伙伴们确实尝了很多回)。园子中心有一棵桂花树，树身布满虬结，树干粗壮，老师说它的岁数比风磐小学的岁数还要大。八月桂花开的时候，满村子都能闻见桂花香。教语文的方老师喜欢采桂花做酒酿。桂花开得正盛的时候，她将一块花布摊开，让我们摇桂花树。你踹一脚，我踹一脚，桂花跟下雨似的飘飘洒洒，落得满地都是。采摘的新鲜桂花晒两个星期变成干桂花，将干桂花、汤圆、酒酿同时下锅，就是一份美味的桂花酒酿。在深秋甚至冬天，我都吃过方老师做的桂花酒酿。

三四年级，正是八九岁狗都嫌的年龄。我在学校里基本上属于“满天飞”的角色，干了不少恶作剧，比如偷瓜、偷梨、打架之类的。在班上考“双百”的乖学生是我们捉弄的对象，比如将他们的书藏起来，在他们作业本的名字上打几个大叉。老师对我们几个一直很头疼。五年级，班主任是语文老师周江芸。江老师（风磐村基本都是周姓，称呼人一般取中间一个字）和我们家还有些渊源，他是我父亲的学生。没用多久，江老师就把我们几个调皮捣蛋的学生给镇住了。第一次，他露了一下自己的指力。一把搪瓷的茶缸，他用食指和中指轻轻一捏，扁了。我们在课后悄悄地猜疑，这是不是传说中的鹰爪功？还有，江老师能吃生鸡蛋。一个鸡蛋，江老师将它磕破，挤到茶缸里，咕嘟一口喝下去。在我们的印象里，只有武林高手才会这样吃东西。当然，最重要的是，江老师的目光平和中有一种严厉，有一种不怒自威的神色，这才是真正让人害怕的地方。江老师对学生的惩罚也很独特：他会握住你的手，一使劲，能痛到骨头里。手一松，又好像没碰过你的手。实事求是地说，大家对江老师都起了敬畏之心，再没有人敢在语文课上捣乱。

五年级第一次写江老师布置的作文，题目已经忘记了，但是江老师的评语至今还记得：短小精悍。其实这篇作文是妈妈帮我写的，格式是吃遍天的三段论。次日语文课上，一共有三篇作文被江老师当作范文在课堂上朗读了，我的这篇排在第一位。朗读之前，江老师简要点评了三篇作文的优缺点，对我的那篇三段论式作文，江老师说内容比较充实，用词丰富，可见是有点课外阅读量的。我在座位上听着江老师浑厚的男中音，特别是提到我的名字时，有一种很不真实的感觉。不过，江老师对我的这次激励可以说是个转折点，从那以后我将旺盛的精力转向课外阅读，从而也激发了对写作的兴趣。后来上了初中、高中，我的作文都一直是强项，在文学社等课外活动中能够一展身手。直至今天，我还愿意在文字上投入我的绝大部分的精力，与江老师对我的影响不无关系。

枞阳中学纪事

我在枞阳中学读高中的时候，枞阳县城还是个小县城，与全省经济十强县之一的今日枞阳不可同日而语。县城以长江的流向划分为上枞阳、下枞阳，下枞阳相当于县城郊区，但一般人说枞阳，指的就是上枞阳（县城），只有坐客车、轮船等交通工具时才有上下之分，以免发生方向性错误。县城以“十”字形的凤凰街主街道为轴心，南北向的街道布满了小饭店、小书店、药店、杂物铺等商业实体；东西向的街道则主要是政府机关、事业单位，高门大户，从外面一看就像座“衙门”。菜市场没有固定的区域，菜农将摊子往哪一摆，哪儿就是菜市场。今天卖白菜的，说不定明天就卖鸡、鸭了。县城西边是一碧如洗、波光潋滟的莲湖，莲湖北畔、县城的西北角就是枞阳中学。站在教学楼上，县城主街道两边的建筑鳞次栉比、一览无余，莲湖风光也可尽收眼底。

除了从下辖十几个乡镇或村招来的住校生，家在城关的走读生基本都要经过“十”字形的凤凰街主街道，再走莲湖湖畔北侧的大路进校门。枞阳县城之所以美，一是有北边连绵起伏的大别山余脉作背景，二是被莲湖风光衬出来的。正对学校西北角的山脉上有一座卧牛岭，山顶有一块巨石，形状极似一头卧着的水牛，夕阳西下时，霞光洒在牛身上，就像镀了一层金子，特别是那弯起的牛角，旋转着指向天空，似乎要刺破苍穹。而莲湖，四季景色都可入画。我每次上街去同学家或者新华书店，宁可绕道，也要走莲湖边坑坑洼洼的青石板路。莲湖里有养鱼的，也有养珍珠的，但平时湖面上总不见什么人。湖中心有一座小木棚，据说是养珍珠的渔农搭的。倒映在水中的小木棚，与远处黛色的山峦、近处墨绿的树林、时隐时现的黄色的道路搭配恰到好处，远看极像中国山水画里的风物，风一吹就碎了。棚子边有一条小木船，用缰绳拴在木棚的柱子上，平时也不怎么用，随着水波一漾一漾。到了珍珠长成的季节

（一般是秋季），才有渔农划了小船，沿着一条一条的水道采蚌。因为这座棚子和船，即使在冬天，莲湖也少了许多萧索之气。

枞阳是我的故乡，十五岁之前我分别生活在枞阳县风磐村、老洲村，此后又在枞阳中学读了两年高中，但要我说枞阳中学的历史沿革、变迁、校园文化等，大脑竟一片空白，眼前浮现的不外是高低错落的教学楼、浓荫蔽日的杉树林、岩石嶙峋的山坡、波光潋滟的莲湖。而这些我觉得很有必要向读者做一介绍：枞阳中学前身是创立于1946年的私立四毅初级中学，1951年9月，县政府接办该校，改私立为公立，1958年9月增设高中部，为当时全县唯一的一所完全中学。1989年5月，县城关地区学校布局调整，枞阳中学单设高中部，2000年被评为“安庆市示范高中”，2006年被评为“安徽省省级示范高中”。学校以“尚和乐、竞一流”为精神，以“弘毅”为校训，秉承“博采成趣、日新成习”的校风、“诗书润智、艺采扬长”的学风，努力实现“科学求真、人文求善、艺术求美、身心求健”的办学目标。

我高二时从铜陵二中转学去了枞阳中学，就读于1988届文科班。学校正对着莲湖，进校门之后，扑入眼帘的是长方形的空旷的操场，操场北面有两座主教学楼，初中部教学楼建在操场边上，两层楼。高中部教学楼三层，距初中部教学楼约三十米远，紧挨北边的山坡坡沿，两栋楼之间由青石台阶相连。当时文科设一个班，理科设两个班（均为应届生），校园文化也没现在这么丰富，无非是一切围绕高考、一切为了高考，教师、学生、教学等都要围着高考这根指挥棒转。我们班主任是教历史的金老师，他又高又瘦，颧骨突出，眼窝深陷，说话时语调缓慢，好像是一个字一个字地往外蹦。有时说完一句话，停半天，眼睛炯炯有神地望着我们，似乎在回味和检讨自己所说的内容，也像是在询问我们有没有理解他所讲授的某个历史史实或观点。我对金老师印象深刻，还在于"一件小事"：有一天课间休息和同学说话的时候，我说了一句"话说天下大势，分久必合，合久必分"，被金老师听到了。放学后，他单独让我留下来。在办公室里，他严肃而又亲切地对我说："以后再不能这么讲了，这是违背马克思主义唯物历史观的。"我唯唯诺诺，往外走的时候，金老师在身后又补上一句："这是历史虚无主义。"不过时至今日，我对"历史虚无主义"还是不明就里。

在枞阳中学，教学上出了名气的老师，大都是老教师，这是枞阳中学在长期教学实践中积累起来的教学资源，教语文的“马老”自然是个中翘楚。马老叫马茂书，祖父马其昶是古文桐城派最后一位大家，时人称为“桐城派殿军”，著述颇丰。马老的哥哥马茂元是上海师范大学的教授，著名的唐诗研究学者，于《楚辞》《古诗十九首》也颇有心得。马老兄弟俩自幼随祖父马其昶习经史诗文，耳濡目染，日夜浸习，打下了坚实的国学基础。马老小时候的塾师李诚先生，其学识颇得马其昶欣赏，先是被收为室内弟子，后被聘为马家私塾塾师，亲授马家孙辈学业。得益于家学渊源和名师传授，马老在学术研究上虽不及兄长，但他教的语文课在省内名声显赫，曾获得安徽省政府授予的优秀教师称号。教过我们语文课的何念老师(何老师也是眼界颇高之人，1995年被国家教育委员会授予全国优秀教师称号)曾经在课堂上当着我们的面，用“行为世范，学为人师”八个字来评价马老。我在枞阳中学借宿的地方离马老住处不远，心里一直惦念着去拜访马老，但总怕失之唐突、冒昧。好几次在校园的小路上碰到马老，马老走路很慢，有时低着头，像是在思考什么，再抬起头的时候目光炯炯，似乎思考的问题已瓜熟蒂落，步伐也加快了。而我憋在肚子里的问候，话到了跟前一句也说不出来，头一低就溜了。

云山苍苍，江水泱泱。

先生之风，山高水长。

这四句话可用来表达我对马老的景仰之情。但可惜的是，我读高二文科班的时候，马老刚刚带过毕业班，开始小循环教高一的语文课去了。未能亲炙马老教诲，是我在枞阳中学读书时的一大憾事。

整体上，枞阳中学还是理科力量更强一些。我读书那两年，每年都有四五个毕业班的理科学生考上清华大学，相比之下，文科生上这样顶尖名校的就寥若晨星了。听说最近几年的国家级数学、物理、化学竞赛中，也不断有枞阳中学的学子将奖牌纳入囊中。高二时，文理科三个班均在高中部教学楼的二楼（高三时，三个班的学级和楼层分别升了一级，教室搬到三楼——也是顶楼）。理科班的化学老师，名与姓我都已经忘却了。我第一次在二楼的走廊上遇见她，被吓了一大跳：她身材瘦小，留着当时常见的齐耳短发，衣着也是那时候女人常见的装扮（单调、颜色灰暗）。走近了，才发现她的脸上遍布疤痕，鼻子附近有细小的肉芽突起，看起来就像一张伤痕累累的斑驳的树皮。后来，从同桌何凌群那儿得知：她是上海知青，“文革”时下放到枞阳接受贫下中农再教育。也许是对枞阳有了感情，

“文革”结束后她没有回上海，留在了枞阳中学教书。十几年前，有一次做化学实验，学生没有按照流程操作，将硝酸溶液直接注入装有金属钠的试管中，试管瞬间发生爆炸。这时候，她将学生一把推开，爆炸物喷溅到了她的脸上。学生安然无恙，但她毁容了。那时，她还很年轻，曾经有过的绰约风姿伴着一声巨响随风而逝。

高二、高三两年我一直寄宿在三姑爷家里。三姑爷是从教学骨干、学科带头人一步步成长起来的教育管理者，时任校长多年，正派、爱才、懂教育。枞阳中学能有升学率年年攀升、在安庆地区创出教学品牌的良好局面，三姑爷功不可没。高一没分科时，我的学习成绩在班上垫底，去枞阳后，分科使我期中、期末考试成绩进了前十，尤其写作课十分突出。有一次作文竞赛的参赛作品被高三文科班胡昭树老师作为范文在课堂上朗诵，并断言“你们都写不出来这样的文章”，以至于高三文科班的部分同学总想看看楼下的小学弟究竟何许人也。当时，各科老师并没有因为三姑爷这层关系而对我有任何的额外“关照”。我在枞阳中学那两年，像一棵树一样没有受到外界干扰地自由成长。对于我有优势或有兴趣的学科，三姑爷总能创造条件及时予以鼓励、培养。高二下学期的一个周六，教学之余喜欢种花养草的三姑爷带我去凤凰街看一场县文化局组织的山水盆景展览。回来后，在三姑爷的建议下，我写了一篇《观看山水盆景展览的启示》。这篇文章被教政治的杨亮生老师看上了，精心指导我修改后参加全省哲学小论文竞赛并获得一等奖第一名，获奖信息刊登在安徽青年报上。这件事在枞阳中学引起了极大反响。对于我的获奖，三姑爷比我还高兴，念叨了很长时间，在亲戚之间的闲谈中也多次提及。从此，三姑爷对我总是格外赏识、高看一眼。

高三上学期的时候，表姐出嫁到铜陵，二表妹、三表妹上初三，四表妹上初一。我和三个表妹朝夕相处，情同手足，但舌头也有和牙齿打架的时候。有一次和二表妹闹了点小矛盾，具体缘由、细节已记不清了，但结果我是记得的：二表妹挨了三姑的一顿打。那时的我是不怎么懂人情世故的。在班里上晚自习时随口说了出来，结果知道情况的同学都批评我，特别是从农村来的住校生。他们的意思是：即使你是对的，让你表妹挨你姑妈的打，这就是你的错。尤其你姑妈对你好，那你就更错了。他们虽和我一样不过年仅十七八岁，但外出独立生活几年，已知道生活的不容易了。为此事，二表妹和我有很长时间不说话，碰见了把头一偏就过去了，但她眼神里的怨怼再明显不过了。五年以后，我大学毕业分配至合肥，二表妹的当兵驻地恰巧也在合肥。见面的机会多了，闲聊时说起当年的事，两个人都笑了，笑得云淡风轻。

因为一九八八年高考失利，我自觉无颜见江东父老，再没有回枞阳中学。这一晃就是十年。直至一九九八年的国庆节，我和妻子才一道回了一趟枞阳。妻子是安庆人，但从没来过枞阳县城，携她一起看看县城，探望三姑爷一家，此其一。另一个目的，就是见见老同学何凌群。我和何凌群在校园里边走边谈，枞阳中学还是老样子：高低错落的教学楼、浓荫蔽日的杉树林、岩石遍布的山坡……我们曾多少次在这里留下深深浅浅的脚印。不知不觉走出了学校的门，眼前的莲湖碧波荡漾，秋色宜人，湖中心的小木棚、棚边木桩上拴着的小船还在……此后，随着三姑爷、三姑相继退休定居芜湖（三姑爷的老家在芜湖），三表妹、四表妹大学毕业后去了外地工作、成家，我与枞阳中学一别又是十七年。对我而言，枞阳中学已是旧时明月，但那段光阴是抹不去的，如映在心头的最好的月色。

两只具有生存智慧的八哥

“精”在村庄的词库里是常用词，含义丰富。聪明、有能力、会办事，乃至于占便宜、不吃亏、有鬼脑筋等，都可归之“精”，具体的指向要看语境。如果一定要给出一个清晰的语义，我理解，“生存智慧”这四字庶几近之。

“精”不仅能用于人，也同样能用于具有初步思维能力的动物身上，比如一些家畜、飞禽。在村庄西边，风磐中学操场上的一棵高高的梧桐树上，栖息着两只八哥。这两只八哥形体同普通家鸽大小，白嘴，黄脚，全身羽毛乌黑透亮，雄八哥头顶上有一撮突起的冠状毛。它们在村庄已经“精”出了名。因此，也可以说，它们是两只具有生存智慧的八哥。

那时，猪肉价贵，还凭肉票定额供应。人们开始向天上飞的、水里游的找下酒菜乃至改善伙食。村子依山傍水，林密，鸟多。村子里有几个“神射手”，玩弹弓不说百步穿杨，也基本是弹无虚发。村庄四周林子里的鸟，除了麻雀、黄鹂(个太小，肉太少)，斑鸠、喜鹊、黄嘴鸦之类的都打得差不多了。这两只八哥早就被瞄上了，但始终没有一个人得手，其中余大、刘二最有代表性。

余大是铁匠老余家的老大，神射手中公认排名第一。弹弓虽不等同于弓箭，但同样需要力量和精准度。余大因为天天抡铁锤，练就了一副好臂力和好眼力。大家故意把他叫成“驴大”，大概是有一身驴劲的意思。我经常遇见驴大用巴茅草或柳条穿着一串斑鸠或喜鹊，弹弓别在大裤衩上，从村后树林里的小路晃荡回来。驴大想过很多办法对付这两只八哥，但一直没有奏效。比如，这两只八哥饱了喜欢蹲在树下的大教室屋脊上晒太阳，这时候没有遮蔽物，八哥全身暴露面积最大，是射杀的最佳时机。驴大多次提前躲在大教室墙边的阴影处，绕着墙根慢慢挪到八哥背面的矮屋那。驴大调整好姿势，屏住呼吸，头刚探出来，八哥似乎闻到了空气中传来的危险的气息，警觉地蹲下身子，昂起了头。雄八哥头顶上的冠状毛一根根竖起来。驴大刚刚举起弹弓，橡皮筋还没来得及拉开，两只八哥一挫身，一振翅，倏地掠入树丛中。几个平时屡试不爽的方法，此时都不灵，驴大有些恼羞成怒。最后，驴大决定上树，“不入虎穴，焉得虎子？”其实手脚再轻，上树也有动静，不可能不惊动八哥。驴大是想打烂它们的老巢泄愤。八哥的巢筑在树顶一根斜着的枝丫上，在地上只能隐约看到巢的轮廓。驴大将弹弓别在腰上，朝手心吐了一口唾沫，上树了。这棵梧桐树从树干分出树杈，大约分为四层。驴大上到第二层，抬了抬头，树叶太密，看不清。上到第三层，八哥巢看得清清楚楚了。驴大骑在斜伸出来的横桠上，抽出弹弓，拉紧皮筋，对准八哥巢。这时，两只八哥不知从哪飞出来的，鸣叫着，一前一后俯冲过来，雄八哥啄向驴大的脸，雌八哥啄向驴大的胳膊。驴大猝不及防，摔了下去。幸亏第二层枝丫挡了一下，坠下的过程中驴大又下意识地拽了一把枝丫，但就这样，驴大胳膊还是摔骨折了。

伤筋动骨一百天。驴大到医院打了石膏，在家里歇了三个月。以后再见到驴大，驴大的精气神像是散了，整个人都蔫了。

刘二在神射手中的排名不可考，但肯定属于第一梯队，和驴大的射技不分轩轾。吸取了驴大的教训，刘二认为这两只八哥不可力敌，但能智取。刘二说对付高智商的鸟要用高智商的办法，这叫“以毒攻毒”。刘二认为八哥落在屋脊上时仍然是最佳射击位置。刘二在离大教室十来米的地方搭了一座简易草棚，搭好后五天不去管它，先让两只八哥适应，打消它们的警惕性。五天后刘二在棚子前面挖了一个碗口大的射击孔，上沿搭了几根稻草。刘二弓在棚子里瞄了一下，弹弓、射击孔、屋脊正好处在一条直线上。挖好射击孔后刘二也不着急，三天没管窝棚。到了第十天，刘二觉得差不多了，时机成熟了。一大早刘二就守候在窝棚里，眼睛紧紧盯着屋脊，手上汗涔涔的，弹弓柄滑溜溜的。这天，两只八哥一共飞来屋脊五次。每次，刘二都觉得自己很有机会。但是每每刘二校准角度、拉紧皮筋、将发未发之际，两只八哥仍是一挫身，一振翅，飞了。

刘二在窝棚里守了三天，但每天都在重演第一天的一幕。最多的一天，两只八哥飞来大教室的屋脊有七八次。第四天，刘二挨不住了。找了个没人的傍晚，刘二悄悄把窝棚给拆了。过几天见到人，刘二总是讪讪的，满脸“出师未捷”的神情。

这以后村里人见到驴大、刘二，总是故意问：“打着了？打着了吧？”驴大苦笑笑，啥也不说，扭头就走。刘二则摇摇头，叹口气说：“精，精！”以前见面打招呼，村里人总说“吃过了？吃过了！”现在，“打着了？打着了！”（“打”读重音，后两个字近似于儿化音，但第二个“了”读音稍重）用久了，代替“吃过了？吃过了！”成为村庄的日常问候语。

对于即将和已经临近的危险，两只八哥具有无与伦比的听觉、嗅觉和洞察力。而我以为，两只八哥的生存智慧，还有另外一种表现形式。

我曾无数次近距离观察并接触过两只八哥。

离我家不远的地方有一口井，推开窗户就能看到，两只八哥经常飞来井边喝水、洗澡。雌八哥喜欢站在井边麻石的水窝子里，一边用嘴叼水梳理翅膀，一边扑拉着翅膀，抖得水珠四溅。雄八哥蹲在井沿，蹦两步，停停，东望望西望望，再蹦两步。我想：它一定是在担当警戒的角色。我经常放下手中的作业，跑到井边，一看就是半天。我去了，两只八哥并不飞开，离我只有一两尺，似乎一伸手就能捉到。有时候，我不由自主地将手伸过去，想将它们托在手心，再仔细看看它们白色的喙，黄色的脚，圆圆的晶亮亮的眼睛，眼睛四周一圈黄色的胶质状眼眶。还有雄八哥头上的一撮冠状毛，我数了数，一共有九根，好想用手摸一下。

可当我将手伸过去的时候，雄八哥轻轻蹦了两步，停下，再蹦两步，离我还是一两尺远，歪着脑袋，用一只亮晶晶的眼睛狡黠地看着我。似乎是在说：想捉我吗？

它们的羽毛多么好看啊，乌黑发亮，和白色的喙、黄色的脚那么和谐。它们在天空中飞翔的时候，姿态是那样优美，我一直找不到词来形容、修饰。直到上初中学到高尔基的《海燕》这一课时，我才恍然大悟：对啊，可不就是“一道黑色的闪电”！我曾用稚嫩的笔这样写道：“它们一振翅，在天空中划过一道黑色的闪电，一敛翅掠入林中，又像倏然消逝的一缕夜色。”

两只八哥的鸣声很特别（雄八哥高亢一点，雌八哥略为婉转一点）：

“八个九——八个九——”（“个”音很轻，一带而过，“九”最重，音同“就”）

一年四季，它们以或远或近的鸣声见证、宣告自己的存在。后来我来到都市，见到过人们囚在笼子里的宠物八哥，也在城郊的山林里见过野生八哥，但它们的鸣声都是单音节的，类似于啄木鸟或喜鹊的“喳——喳——”或“嘎——嘎——”。夏天，是鸟叫虫鸣的盛季。蝉永远是在“知了——知了——”的聒噪，油葫芦的声音悠长而拖曳着一些尾音，纺织娘在傍晚叫起来，像开了一个高音喇叭。但我总能从交织的虫鸣鸟叫中辨别出这两只八哥的鸣声，它们或远或近、或高亢或婉转的鸣声像是穿透岁月而来，来到村庄，这给了我的童年和少年多少欢乐与慰藉。

然而一直让我不解的是，两只八哥为什么没有繁衍后代？我查过《十万个为什么》：八哥一年孵卵一次，一次一般孵化两枚蛋。八九年时间，也该有十六七只小八哥，小八哥还能生小小八哥。照理，小八哥们必定继承了这两只八哥的基因。当一群八哥“八个九——八个九——”地鸣叫起来时，场面该是多么壮观。然而一年又一年，我所见到的还是这两只八哥。它们或许已经生下了小八哥，移居去了别的村庄和树林？但是我在四周邻村的屋顶和树林见到过八哥，它们的鸣声都是单音节的“喳——喳——”，单调而喑哑，没有一只发出“八个九——八个九——”的鸣声，这使我坚定地认为，它们一定不是这两只八哥的后代。

或者，对这两只八哥而言，我们这座村庄的生存环境太过险恶，缺乏小八哥成长所需要的宽容和呵护，它们只好过起了现在所谓的“丁克”家庭的生活？

就这个疑惑我曾经问过母亲，母亲愣了半天，最后忍俊不禁地笑了。她大概对这两只八哥是否具有这样的生存智慧也说不出个所以然。

王小波有一篇散文《一只特立独行的猪》。我以为，那是一只“虚拟”的猪，于荒诞中凸显“敢于如此无视对生活的设置”的象征意义。而我的这两只八哥，完全是写实的。我自然不会贬低它们，也丝毫没有刻意美化、拔高它们。母亲曾以两只八哥为例对我进行人生启蒙：“做人要精一点，像那两只八哥。一年又一年，还在那儿飞、吃食。”我至今学不会“精”，但我喜欢这两只八哥的“精”。否则，它们的鸣声就不会陪伴我的童年、少年。有时候我想：假如人们将所能想到的手段都使出来，拉网或砍掉那棵梧桐树以及周边山林，毁坏它们的栖息地……它们的生存智慧还能抵挡那些厄运和劫难吗？

而在我的想象里，那“八个九——八个九——”的嘹亮的鸣声，满含生命的自由、愉悦和对某些心怀叵测的人的不屑，至今响彻整座村庄。

风吹来的地方

“双抢(抢收、抢种)”结束了。初夏稻浪滔滔的原野，现在只剩下一茬茬收割后的稻秆，孤独地伫立在田畦里。稻场四周一摞摞码得高高的草垛，展示了今年的好收成。

现在，腾出来的稻场又变成了我们的天下。

我们村属于冬天不是很冷而夏季酷热难耐的地方。到了七八月份，村子更是像一个大蒸笼。一阵阵的暑气从大地蒸腾而起，弥漫在村子的每一个角落。池塘边的柳树纹丝不动，树叶恹恹地垂着。水牛泡在池塘的淤泥里，只露出鼻子和两只尖尖的牛角。翠鸟站在牛角上，好像一帧写生的静物，倏地一振翅膀，叼起一条因为缺氧翻腾到水面的小鱼，掠入树荫深处。走在水井边和街巷的青石板上，脚底板滚烫滚烫。晌午，大人们大多泡一杯苦茶，躺在竹榻上摇芭蕉扇，进入短暂的歇息状态。虽然扇出来的是热风，汗水将竹榻都濡湿了，但这与披星戴月的“双抢”相比，已经是莫大的享受了。

吃过晚饭，天擦黑的时候，大家都把竹榻、竹椅搬到稻场上乘凉。大人们喝着自带的苦茶，聊着天。我们在月光下疯玩，玩困了，就在竹榻上或者地上的篾席上睡着了，让大人们背回家去。第二天清晨一睁眼，总是一阵的恍惚。说来奇怪，不论别处怎么热，稻场却一直很凉快，整夜一滴汗都没有。风一阵一阵地拂过周身，因为风大，蚊虫也不见踪迹。大人们解释说，这是因为稻场正对着“风口”。我好多次问爸爸：什么是“风口”？爸爸说：“风口”就是风吹来的地方。我又问：“风口”到底在哪儿呢？爸爸用芭蕉扇一指：那不就是嘛！

“风口”对我充满了无穷的诱惑。但就词面而言，它让风完全人格化了。这和村子里的其他风物一样，是一种承袭久远的传统。村子北边就是逶迤而来的大别山余脉，我们习惯将其统称为后山，以别于离村子不远的矮山和馒头似的小山坡。正对着村子的山峰，尖峭的峰顶上有一块巨石，朝左边抻出，摇摇欲坠，形状极像一只展翅欲飞的鹞鹰，似乎一阵风来就会腾空而起。这块石头叫做鹞石，所在的山峰就叫鹞石山。“风口”就是鹞石山和左边的一座稍矮一点的山形成的目测宽约十米的通道，风从那儿如决堤的河水一般奔泻而出。晴天，“风口”的背景是蔚蓝色的，蓝得纯粹。而在我的耳边，分明听到“风口”发出一种奇异的声响，时而激越，时而轻柔。有时候“风口”白云缭绕，变幻出各种各样的图形，一会儿是一只伸着长鼻子的大象，一会儿是一只卧在门槛边的大黄狗，一会儿是一朵正在绽开的菊花。或者，什么也不像，就呆呆地挂在那儿。倘若是阴雨绵绵之后的放晴，那就更妙了：白云时有时无，鹞石时隐时现，“风口”就像一块调色板，调出朦胧的黛色的山峦，缥缈的青灰色的雾气，各种形状的游离不定的浓淡不均的白云。突然，阳光从厚厚的云层迸射出来，一霎间，所有的云雾消匿无踪，鹞石山像是用画笔描在天幕上，“风口”后面，又是蓝得那么纯粹的几乎让人不敢相信的天空。

“风口”给了少年的我无穷的想象。比如，“风口”后面住着一位白胡须仙人，他有神奇的魔力，用手轻轻一拨，就可以将一片白云化作一场大雨。一片片白云飘过“风口”、飘过山峰的时候，那是天兵天将在脚踩浮云梭巡领界。鹞石在阳光的照射下发出的光芒，和我在电影《孙悟空三打白骨精》中看到的金箍棒的闪闪金光并无二致。而那高空中飞翔的鹞鹰，正是鹞石的变身，当它一个俯冲敛翅向惊惶的云雀掠去时，不正是孙悟空与二郎神在斗法吗？这种想象让物质和精神双重贫乏的日子日益丰盈起来。有时候，我坐在门前的土坷垃墙上，呆呆地望着鹞石山，望着似乎触手可及的“风口”，一坐就是半天。一个念想像一粒种子随风吹进我的心里，越长越大，越长越高，似乎要从胸腔里迸发出来：上鹞石山，去“风口”，看风吹来的地方！

一天天地过去，这个念想越来越强烈，让我坐卧不安，神思游离。

可是，这些年，村子里没有人上过鹞石山。“靠山吃山，靠水吃水”，我们村北边有河，南边有圩，历来是县里著名的产粮区，算得上鱼米之乡。平时砍柴火、摘映山红，干滩前的小山坡上就有，用不着上后山。况且鹞石山看起来近，其实山脚下离村子就有三十多里路。据说二十世纪五十年代，鹞石山北坡的山道上有老虎出没，吃了好几个壮劳力，后来被解放军用枪打死了。几十年过去了，没再听说有谁见过老虎，可那到底还是老虎出没过的地方，虎威还在。因此我的念想无异于痴人说梦。母亲自然是不赞成的：人人都能看见“风口”，人人都在享用，这就够了！那么险峻的山势，那么陡峭的山路，就为了一个“风口”冒险上山，实在没有必要。父亲只是呵斥我：做白日梦呢！

镇里学校的暑假与“双抢”基本同步。“双抢”启动的时候，漫长的暑假开始了。等到稻子研磨、归仓，“双抢”结束，暑假差不多也就结束了。每年寒暑假，我都要去干滩对岸的大山村干娘家住一段时间。大山村离鹞石山又近了一点，不过被村前山坡上茂密的树林挡住了视线，看不见鹞石山的轮廓。这一带的山，海斌哥哥都上去过。春天采野茶，夏天摘板栗，秋天遍山都是野果，咬一口野草莓，紫红色的汁水直冒，抹在身上像淌血一样。海斌哥哥说，清明节上坟他和舅舅去过一趟鹞石山，不过那是几年前的事情了。对我想去鹞石山，他觉得很奇怪：那上面有一块大石头而已。不过，站在山顶上，可以看见长江，这大概是唯一的“景点”。至于“风口”，他说，站在鹞石山的山顶上，确实四面都是风，且风势强劲。大山村也有对着“风口”的地方，但夏天倒没什么风。除非上屋后的小山坡，那儿凉快一点，但与我的描述也颇有出入，况且蚊虫多，还经常有蛇出没。隔壁的章家老四贪凉快，在坡上铺了一张席子乘凉，结果被蛇咬了一口，若晚送医院几分钟就没命了。因此，对于“风口”的存在，他表示很怀疑。

不过，很有收获的是，一是我知道了鹞石山对面的那座山叫黄摩岭，黄摩岭离鹞石山顶直线距离约有两百米，平日的目测是有误差的。二是抄近路，走黄摩岭山腰的小路上鹞石山，清晨去，下午六点半就可以在邻村坐三轮车回来。但这条路路途险峻，黄摩岭山腰上有一座十米长的吊桥，桥面是两块仅够一个人容身的踏板，两边是粗麻绳扶手，离谷底有十多米，人站在上面晃晃悠悠。过了吊桥就开始爬鹞石山，走大路有石阶，小路则完全靠人在树丛中和岩石上攀爬，假如路途不熟，根本就下不了脚。特别是快到鹞石山顶的一截路，要从几块交叠在一起的乱石的罅隙间手脚并用爬上去，几乎呈90度，眼睛不能朝下看，否则手脚会发抖，上不上下不下的就拤在那儿了。

但我以为，能当天来回的路程就不可怕。

一天清晨，我们带了几根煮熟的玉米棒，悄悄地启程了。

盛夏的山间的清晨充满了清新蓊郁的气息。不知名的野花芬芳四溢，裹挟着野栗子、野山楂淡淡的甜涩的果味，随微风拂过山冈。蜜蜂嘤嘤嗡嗡叫着，从一朵花赶到另一朵花。被茂密的树叶、草丛覆盖的溪流，发出淙淙流淌的声音。一只斑鸠的“咕——咕咕咕”声在山谷响起，四五只斑鸠高高低低的“咕——咕咕咕”声应和着。野兔灰色的身影在草丛间一闪而过，再也不见踪迹。麂子伫立在远处的岩石上，警觉地扭过头望着我们。淡蓝色的雾霭高高低低地飘荡着，若有若无，时浓时淡。回头望望来时的路，村庄隐约只见其轮廓，掩映在茂密的树丛中。爬到黄摩岭的半山腰时，一轮红日从对面鹞石山山顶上升起。奇怪的是，太阳一旦升起来，上升的速度就会越来越快。知了开始了单调而枯燥的鸣叫，暑气渐渐升腾，盛夏酷热和慵困的气息又回来了。

我的汗水浸透了汗衫，脚步不再像刚出发时那样轻快。不过在过吊桥的时候，我自以为体力还是充沛的。因为我几乎是没停顿地一口气过了吊桥，也没有胆战心惊的感觉。坐在桥头，我们吃了两根玉米棒，灌了一肚子凉沁沁的泉水。村庄已变成了一个黑点。抬头向上望去，鹞石山山体由奇形怪状的岩石组成，低矮的灌木、荆棘杂乱地生长在岩缝中。峰顶上的鹞石凸出来的部分像一只鸟的翅膀的边缘，我好像又听到了熟悉的风声掠过。海滨哥哥说，现在路程只剩下一半，但这一半路程每一步都很艰难，而且没有走回头路的余地，只能一鼓作气爬上鹞石山山顶，再从北坡下山。也就是说，现在后悔还来得及。我听见自己的心脏“咚咚”跳动的声音，兴奋中夹杂着一些畏惧，但丝毫没有走回头路的念头。一段艰难的旅程开始了。正午的太阳毒辣无比，被炙烤的岩石隐隐散发着热气。汗珠滴在岩石上，发出“嗤嗤”的声响。我的胳膊、腿很快被树枝、荆棘划出一道道红色的伤痕。手掌磨破了，搭在岩石上直打颤。汗水一浸，火辣辣的痛一阵一阵地袭来。每一分钟都那么漫长，每一步都那么沉重。渐渐地，就没有时间流逝的概念了。我只记得太阳在不断地下沉，而我在步履维艰中不断地向上攀升，岩石在摇摇晃晃中变换着自己的位置。在快要登顶的时候，我的额头被岩石锋利的棱角划了一下，鲜血从额头上流下来，很快就将汗衫染红了一块。

“到了！”海滨哥哥在上边喊了一声。

下午四时左右，我们登上了鹞石山山顶。

红彤彤的夕阳已经西下，再过一阵它就要沉落在对面的黄摩岭背后。大风从四面吹来，一阵一阵刮过平坦的山顶，带着隐约的哨音似的声响，头顶上的流云迅疾地移动着。我恍惚间又回到了村庄的稻场上。可当我放眼望去的时候，我发现：哪有什么“风口”，“风口”消失了！连绵不断的山岭匍匐在脚下，像凝固的浪涛一样涌向前方。北边是一望无际的平原，渐渐隐入远方的地平线。黛色的森林像一块块墨锭，点染在地平线的边缘。平原的广袤无垠超出了我的想象。而当我转过身来，看看山下我熟悉的村庄时，远方一条赭黄色的玉带扑入我的眼帘。它自西边逶迤而来，像一条巨蛇游弋在大地上，一种舒缓而有力的动感灌注其中。我屏住呼吸：长江！我没有想到，我第一次在鹞石山山顶上见到了这条伟大的河流。而我更没有想到的是，三年之后我来到长江边，成为了一个江村的居民，日日夜夜喝着长江的水，枕着长江的涛声入梦。从此，我与长江结下了不解之缘。再后来，我还来到了海边，站在驶向大海蔚蓝色的远处的船上，任带有一股咸腥味的海风吹乱我的头发。而当我沐浴着激荡的江风与海风的时候，我总不能忘记我的初心：我曾一次次地追逐着风的方向，走向风吹来的地方。

煤油灯:记忆与片段

一

从我记事起,煤油灯,一直是村庄最主要的照明工具。

黄昏将要来临的时候,薄薄的雾霭若有若无地浮起来。鸡、鸭进窝了,猪、羊进圈了,白天在门口吠了一天的看门狗溜回堂屋,在餐桌下拣吃剩的饭粒、红薯皮。偶尔,一两头迟归的老牛,嘴里反刍着白天咽到肚里的青草,不紧不慢地走在回栏的小路上,走在暮色里。忙碌了一天的村庄进入歇息状态,一盏盏煤油灯次第亮起,整个村庄氤氲在橘黄色的灯光里。

村庄也像是一盏煤油灯，被一只无形的大手轻轻一捻，亮了。

二

煤油灯大致可分为两种：一种是生活照明用的，平常就叫煤油灯。一种是走夜路时照路用的，叫马灯。煤油灯外形如细腰大肚的葫芦，灯头形如张嘴蛤蟆，通常用铜或铁制成，灯座和挡风用的灯筒则用玻璃制成。灯芯使用棉绳，灯头四周有多个爪子，旁边有一个可控制棉绳上升或下降的小齿轮。棉绳的下方伸到灯座内，灯座内注满煤油，棉绳便把煤油吸到绳头上。只要用火柴点着绳头，并罩上灯筒，灯就亮了。马灯形状略小一点，外面多了一个铁质外套，上面的灯口是半封闭的，以起到防风作用。

那时候，家家户户都不宽裕，煤油要凭票到供销社购买，所以细心的女主人会适时调节灯的亮度，只有孩子写作业的时候才把灯光调亮些。即便如此，微弱的灯光依旧照不了多远，几个孩子只能围灯而坐。勤俭的主妇也不会让灯光白白浪费掉，在一边及时支起夹板纳鞋底或缝补衣物。为了省钱，经常几个房间只点一盏煤油灯。做饭时灯在灶房，一家人便都围在灶房。做好饭后，把饭菜端到堂屋，灯也跟着到了桌上。

在村庄，煤油灯不知与我们共处了多少年。“村村通”之前，毫不夸张地说，它是我们光明的源泉。

三

围在一起吃晚饭，是村庄最温情的时候。

体力劳动是艰苦的，特别是夏季“双抢”。在南方水稻一般种两季，早稻七月份收割，随后立即耕田插秧，八月份必须赶插晚稻苗，否则将影响十月份的收成甚至绝收。这两个月，披星戴月，汗流浃背，再精壮的劳力也要掉几层皮。

“锄禾日当午，汗滴禾下土”，这可以看作“双抢”的写实画面。“谁知盘中餐，粒粒皆辛苦”，只有庄稼人才能体会一粒谷子凝结了多少汗水，才会像珍惜生命一样珍惜粮食。

在田地里劳作了一天的男人，拖着疲惫的步伐，走在回家的路上。一抬头，村庄的灯光亮起来了，像一个伸手可触的温馨的梦。男人心中一霎间充满了希望，他辨别着哪一盏是自己家所发出的光亮，女人、孩子、牲畜在想象中、在灯光下个个呈现。他的脚步轻快起来，将头发上的一根稻草扔到身后。院门口，迎接他的是欢蹦乱跳的大黄狗。放下锄头、铁锹，在女人端来的脸盆里洗一把脸，擦一把汗，换上干净的汗衫，坐在桌前，男人此刻才完全放松下来。红薯饭、油酸菜、摊鸭蛋摆上桌子，在灯光下闪着不同的色泽。重新热了一遍的摊鸭蛋冒着热气，使煤油灯的灯罩有些模糊。看到孩子们齐齐盯着鸭蛋的目光，很快这盘专门给男人炒的菜就变成了每人碗里的一小份。男人在床上很快发出了鼾声。女人一边看着孩子们在灯光下安静地看书、写字，一边就着灯光，将孩子们衣服上破的地方补好。

灯光，给女人一份静好、安稳，日子一下子变得不再那么辛酸、困窘。

四

并非每个家庭都能用上煤油灯。

有些孩子多、负担重的农民家庭，地里的庄稼只能勉强维持温饱。但愈是这样贫寒家境出身的孩子，在学习上的刻苦程度愈是超出常人想象。比如村东头的周继国家，一年四季都是玉米糊糊、红薯稀饭就腌菜，过年才炸几斤圆子。但是家里五个男孩，从老大周文平开始，恢复高考后一个接一个地考上大学，走出了小山村，老大大学毕业后漂洋过海到美国加州大学留学去了，在村庄引起了轰动。也因此，周继国老两口在村子里成为备受尊敬的人，风头盖过公家人。他们家几个孩子晚上写作业用的灯都是用空墨水瓶做的，灯油用桐籽油，棉绳灯芯发出的光异常微弱，就这样，还不舍得放开用，到十点钟就吹灭了。

一灯如豆，这个词用来形容他们家的灯光再准确不过了。就在这样微弱的灯光下，他们借助高考实现了自己的人生跨越，并且薪火相传，影响了村庄一代又一代的莘莘学子。

五

我们家有两盏煤油灯。灯光暗一点的马灯走夜路时用，平时就放在厨房，做饭的时候用。还有一盏煤油灯放在堂屋，供父母亲备课和我们学习、做作业用。我们家的煤油灯非常陈旧，底座磕掉了一块，捻灯的按钮不灵，需要用夹子夹住灯芯，轻轻向上提。灯头缺了一瓣，灯罩稍稍倾向一边。可是，母亲将煤油灯擦得干干净净，薄薄的灯罩看起来就像透明的一样，一朵红色的火苗静静地燃在书桌兼餐桌的大桌中间，周遭是那么明亮。我们一家六口围坐在一起，每个人忙着自己的事情。父亲抽一口黄烟，思索一会儿，在本子上写写画画，准备明天上课的教案。我喜欢坐在父亲身边，闻那一缕一缕的烟味。父亲备完课，看看我们的作业，之后便带着最小的妹妹去邻居家串门。

一会儿，邻居家就爆发出一阵阵爽朗的笑声。母亲一边忙手里活，一边督促我们背课文。到现在，我还记得那样的几句：

大兴安岭雪花还在飘舞
长江两岸柳树开始发芽
海南岛上鲜花已经盛开
我们的祖国多么广大

我们的物质生活同样是贫乏的。过年才能吃上一碗生腐烧肉，平时一个荷包蛋就是了不得的营养品，炒菜连猪油都不舍得多放。可是，“布衣暖，菜根香，读书滋味长”。

煤油灯静静地燃着，突然，“噗”的一声，火苗颤抖了一下，灯花爆出来了。我们的眼睛晃了一下，就都高兴地叫起来：起灯花了，起灯花了！母亲用剪刀剪去一截灯芯，灯光燃得更亮了。在明亮的灯光里，母亲侧着身子纳鞋底，线从一边穿进去，又从另一边穿出来，母亲的手一上一下地挥舞着，在灯光里划出一道道弧线。偶尔，手指被针戳了一下，母亲“咝”的一声，将渗血的手指放在嘴里吮吸……

暗夜里，灯光柔和而又温暖，灯光中的母亲美丽而又安详！

六

有一年的初冬，我五六岁，母亲带我去池州看外公、外婆。临走的时候，外婆送给我一盏崭新的小马灯，还灌了半壶煤油。回程的时候，先要坐小轮船到桂家坝，再从桂家坝转坐长途客车回风磐村。我们中午十一点多就从池州到了桂家坝，结果一直等到下午一点，车也没来。最后，焦灼的乘客将车站调度室堵起来了，车站站长这才露面告知乘客客车抛锚，请乘客自己想办法安排行程。其实，就是撇下我们不管了。那时也没投诉，大家不过骂骂咧咧一阵，然后三三两两地散去，各自找交通工具。只有两辆三轮卡（三轮摩托车）在等生意，十来个身强力壮的男人捷足先登，三轮卡“嘎”的怪叫一声，车屁股冒出一股黑烟，走了。剩下的人又等了半小时，终于明白除了步行别无他法。从桂家坝到风磐村有小路，路程大约四十里，步行快点的话大半天可以到家，但我们不识路，同行中也没有到风磐村的。而大路，将近六十里。初冬的天黑得早，夜里没有月亮，星光暗淡。我们迈上大路，走到快五点钟的时候，四周已是黑魆魆的一片。想象中，童话里的巫婆已经骑着扫帚飞到我们头上，张开了猩红色的大嘴。大黑熊慢慢地从森林中走出来，露出了白森森的牙齿。我害怕地躲在母亲怀里，脚下已经挪不动了。母亲将外婆送的那盏小马灯点起来，橘红色的灯光亮起来，小小的火苗只照亮了周遭的一小片。可这一小片灯光威力无比：巫婆抓住扫帚柄，嗖的一声向天上飞去，隐入乌云中不见了。大黑熊缓缓转过身子，向森林深处走去，还回过头摇了摇毛茸茸的大手。

剩下来的路程变得轻快无比。这件事，后来母亲说过好多次，她担心的事一件也没有发生。我一直欢快地在前面小跑，母亲很多时候跟不上趟。到家的时候已是深夜，母亲累得腰都直不起来了，而我满脸自豪、激动得语无伦次地向父亲、姐姐描述我们的壮举。提在手里的那盏小马灯，是我们历险的见证。

七

高二时，我转到枞阳中学。第一学年放寒假那天，上午各科老师布置了寒假作业，班主任交代了寒假注意事项，十一点多就结束了。吃过中饭，住校生陆陆续续地散去，平日里熙熙攘攘、人声鼎沸的校园变得空荡荡的，一下子安静下来，这种安静突然让人变得无比恐慌和不适应。

回铜陵县要先从枞阳坐小火轮到大通镇，再从大通镇坐长途客车到铜陵县。只有坐清晨五点多的第一班小火轮才能赶上长途客车。可是我等不到第二天清晨了。我一下子变得焦躁不安，心里被回家的愿望填充着、挤压着。从大通镇到铜陵县，路程约有五十里，而且我不认识路，只能辨别出大致的方向。但我并没有做太多的思考与判断，决定吃过中饭就坐下午一点多的小火轮，再从大通镇步行回铜陵县。到大通镇的时候是下午五点多，但天已经擦黑了。我背着书包，沿着与平时上学时乘坐的大客车的相反方向，出发了。结果证明，大方向是正确的。但在好几个岔路口，因为没有人家，道路黑漆漆的一片，我走了不少冤枉路。寒风凛冽，西北风吹过树林，发出呜呜的怪响，像是要将大地上的一切连根卷走。累，我倒是一点也不觉得，心中只有向前冲的念头。走到一半的路程时，天更黑了，路像是慢慢地由近而远地消失，然后突然折断。西北风刮得更响了，天空渐渐飘起了雪花，雪花很快覆满全身。我茫然无措地站在那里，不知何去何从。这时，路两边村庄的灯亮了，那是我熟悉的煤油灯的橘黄色灯光。就着灯光，我看见路在脚下亮起来，蜿蜒伸向前方，不远的前方就是我的家。剩下的路程我跟着灯光走，走过一片灯光，再走过一片漆黑的夜色，灯光和漆黑的夜色交替。当下一截路又没入漆黑的夜色中时，我不再胆怯与迷惘，因为我知道前方必定还有照耀我前行的灯光。我已经忘记那天夜里走错过多少次路了。我走过田埂、灌渠、堤坝，当我循着灯光，敲开沿路村庄的一户户人家问路的时候，淳朴的人们总会问问我是不是回家的学生，再端给我一碗热水。最后抵达县城的时候，橘黄色的灯光从浓厚的夜色中绽放出来，像一朵巨大的的花朵，我辨别着哪一枚花瓣是家里的灯光，那温暖、光明的所在，一霎间射入我的内心。我泪流满面。

我忘不了这次风雪夜归，更忘不了指给我方向的灯光。

八

多年之后，我读到“麦地诗人”——海子的名作《诗人叶赛宁》：

野花的村庄漆黑
如同无人居住
野花，我的村庄公主
安坐痛苦的北方
生下诗人

谁家的窗户

灯光明亮

是野花,一只安详燃烧的灯

坐在泥土的灯台上

…………

海子老家在怀宁县高河镇,离我的家乡直线距离不过五十多里。海子的年龄也和我相仿,我们曾经都同样在"一只安详燃烧的灯"下读书、思考。这盏灯给了诗人多少灵感,而"谁家的窗户灯光明亮",又给了诗人多少希望和尘世的慰藉。当"微风吹过这座小小的山冈,玉米地里棵棵玉米又瘦又小,我浇水,看着这些小小的可爱又瘦又小的叶子"时:

我要还家

我要转回故乡,头上插满鲜花

我要在故乡的天空下

沉默寡言或大声谈吐

我要头上插满故乡的鲜花

现在,诗人已经实现了他的夙愿,静静地安息在故乡的一座山冈。那里有他曾经爱过的"四姐妹",吹拂过她们的风也吹拂着诗人。每年,远道而来的友人和诗歌爱好者将祭奠的鲜花插满坟头。诗人已经逝去，可是……

那盏灯还在亮着，生生不息！

九

“村村通”之后，煤油灯渐渐退出了我们的生活。

我们村通电那天，除了两家经济困难户，家家都拉上了电线，用上了白炽灯。清晨，供电所将配电房的总闸一推，村庄顿时一片光明，刺破了缥缈的晨雾。一霎间，鞭炮声震耳欲聋，硝烟弥漫了整座村庄，每个人的脸上都洋溢着激动和喜悦。夜晚来临，村里人开始享用电灯照明所带来的种种便利：将灯绳轻轻一拉，灯就亮了，再不用擦黑去摸火柴了。在一定范围内，电灯亮度不论远近都是一样，到院子里关猪圈、闩牛栏，再没必要端着煤油灯了。孩子们做作业，也不用挤在一起，头几乎贴到书上。

电灯代替煤油灯，当然是时代的进步。今后，还会出现更便捷、更环保的照明产品代替电灯，就像电灯代替煤油灯一样。

可是，没有煤油灯的村庄，似乎少了点什么。

少了一家人围在一起的温馨，少了一灯如豆下的苦读的身影，少了灯花瞬间爆出的璀璨，少了氤氲在橘黄色的灯光中的梦……

最重要的，是的，我们少了那些温暖而美好的回忆。

十

通电之后，家里的煤油灯与其他杂物一起被扔进了垃圾箱。只有那盏小马灯，我一直没舍得扔，当宝贝似的留在身边。换了多少个地方，搬了多少次家，我到哪儿，它跟到哪儿。现在，它身上布满灰尘，静静地立在我的书柜里。有时候，我会擦拭一番，小马灯发出一种暗淡的金属的光泽。

二十年前，我曾经写过一首小诗《怀念》：

怀念一种情绪
它是我们日常生活的根
当我们把一些陈旧的物品
比如煤油灯
从杂物间里取出来
擦拭上面的灰尘
一些往事就像灰尘
静静地沾在手上
擦净这盏灯
就是擦拭记忆中的灰尘
过日子的人

一双手不会总是干干净净

怀念一种情绪

它是我们日常生活的根

诗自然是幼稚的，但它写出了生活中那俯身低首的一瞬。我“怀念”过往，但我并非一个沉溺于故旧的人，也并不总是“厚古薄今”。即便我自己，现在也不可能再在煤油灯下读书、写作。但对我而言，煤油灯不是冷冰冰的玻璃器皿，它打上了我生命的印记，它蕴含着星光、夜色、月光、野花、童年、青春、亲人、家……它的温度，透过星光与夜色、透过时光传递到我手中。当我握住这盏煤油灯时，我好像将时光握在手中，感受着时光如温煦的春风缓缓拂过心房。

煤油灯，是我个人史上的“文化遗存”。

十一

现在，煤油灯属于和铜镜、铜鼎一个级别的文物。即便它仍有照明的功用，但在一个以“价值”为标准和目的的时代，煤油灯必定会被摒弃。孩子用的照明产品越来越高级，从起初的日光灯、白炽灯到后来的节能灯、LED灯、护眼灯……我不知道孩子与灯会有怎样的故事，在他的眼里，

灯光也会在夜色中开花吗？当他在冬日的夜晚放学回来，家里窗户上散发出的明亮的灯光是否也一样给予他梦想与希冀?

我希望,孩子的心中有这样的一盏灯。

我也希望,每一个人的心中都有这样的一盏灯。

一九八五年的夏天

一九八五年的五月,《射雕英雄传》在铜陵市电视台开播了。每天下午两点开始,连播四集。因此,我们也开始了翘课看《射雕英雄传》的日子。初二的课程说重就重,说轻就轻,但奇怪的是,家长对我们翘课采取了默许的态度。事实上,我们在看《射雕英雄传》的时候,碰到大人们不上班,他们也搬张方凳坐在后面,一样津津有味地看。回想起来,原因只有一条:一九八三年版《射雕英雄传》电视剧的无穷魅力。

《射雕英雄传》给我们留下了很多"后遗症"。

一是翁美玲饰演的蓉儿成为我们共同的初恋情人。

肌肤胜雪，声如银铃，特级厨师的厨艺，武功得老爸东邪真传（虽然练得漫不经心），后来又承师父洪七公传打狗棒法，并和杨康斗智斗勇，荣膺丐帮帮主（要是什么华山派、崆峒派的就没意思了），这些优点单拎一条出来就能撼动人心，何况加之于一人。在特定的时间和氛围里，蓉儿就是我们心目中完美的女孩。蓉儿给完美做了一个注脚。一声“靖哥哥”，我们都觉得喊的就是自己。我们的灵魂附着在郭靖身上，与蓉儿一起笑，一起哭，一起高兴，一起悲伤，一起闯那不可测的、步步陷阱的江湖。每个男孩身上固有的武侠情结被《射雕英雄传》深深地激发出来。甚至有不少人出现了幻听现象：一个人独自在家或学校的时候，突然一声脆生生的“靖哥哥”响在耳畔。唐兵就是这样，他已深深陷入对蓉儿的单恋而不可自拔。有一段时间上晚自习的时候，窗户外面一声声的“蓉儿、蓉儿”（郭靖声音的高仿真版），这就是唐兵干的。后来听说唐兵进行了抗抑郁症治疗。二是金庸热一下子爆发出来。“飞雪连天射白鹿，笑书神侠倚碧鸳”，这十四部金庸作品开始在同学中间传阅，并变得炙手可热。得用饼干、糖果之类的零食贿赂，才有把书借来一阅的机会。

要命的是，《射雕英雄传》第一部铁血丹心、第二部东邪西毒一放完，暑假就来了。平日熙熙攘攘、人声鼎沸的校园，一下子就空了。更要命的是，据说第三部华山论剑被邻近一座城市的电视台借走了，要到九月份开学的时候，才能接着在铜陵市电视台播放。在暑假两个月漫长等待的日子里，我们情不自禁地集体思念起蓉儿。假如思念与寂寞是爱一个人最重要的特征的话，那我们就集体暗恋上蓉儿了（说是暗恋，因为大家口头上谁都不承认自己恋上了蓉儿，这叫心照不宣）。这就像是上帝在特定的某个时间、某个地点将蓉儿送到我们心里，然后让我们开始寂寞。

这种寂寞给我带来的煎熬尤其刻骨铭心。尽管因为父母工作调动搬了好几个地方，换了好几所学校，但我们家一直住在校园里。其他同学上学和回家是截然不同的两段生活：在家，在学校。而我，学校和家合二为一，校园就是家，操场就是家里的后院。家校合一的好处是方便，可以比别人多睡半小时懒觉。坏处是没有转换，没有调整生活状态的余地。每每到了放假的时候，别人兴高采烈，而我一开始一样有点莫名的兴奋，接着就是寂寞无聊的日子。如果是暑假，那两个月的寂寞真够漫长的。现在，蓉儿使寂寞的内容具体、丰富起来。这时的寂寞不是孤单，是在孤单的时候想念一个人。她的脸庞、眉眼、笑靥、话语，无数个俯首低眉的细节，这就是寂寞之源。

铜陵县处于江南丘陵地带，二中在县城的西边，三面环山，整座学校呈“同”字形。教室、宿舍均建在四周的山顶上，“同”字下面的豁口部分是大门，中间凹下去的一块平地，就是平时我们活动的操场兼球场。操场是我平日最爱去的地方，可现在，操场上那种空旷、冷清的气氛，让我一分钟也待不下去。天上的云动也不动，呆呆地挂在北面的山峦上面，一抬眼总在那个地方，好像很久以前就占了那个位置。没有风，树林也是一动不动，像沉默寡言的人。没有知了叫，也没有鸟叫。一切都安静极了，好像从来就是如此。“蝉噪林逾静，鸟鸣山更幽”，可我希望听到蝉噪、鸟鸣，哪怕一声，也可以打破这可怕的安静。可是没有，空旷的天空下只有我一个人，和我心中的蓉儿。其实那时候我已经知道华山论剑的结局了：论武功，当是欧阳锋第一，他逆练九阴真经，反倒练出了一身诡异的功夫。但他已经疯了，自然不能像中神通王重阳那样执武林牛耳。一灯大师是化外之人，不屑于争尘世长短。铁掌水上漂裘千仞放下屠刀立地成佛，一心皈依佛门，成为一灯大师的亲传弟子。洪七公和黄老邪，一个是郭靖师父，一个是郭靖老泰山，两人点到为止，诚心相让，结果郭靖勇夺北侠之位。两人哈哈大笑，一个说蓉儿偏心，一个说蓉儿女生外向，笑罢携手飘然而去。最后的画面是郭靖和蓉儿骑在马上，向草原深处走去，走进夕照初敛的暮色中。

借来的金庸的书快放假时同学就在催，只好不情不愿地还给人家。我在暑假只有一本《魏晋六朝诗文选》可读。并非我喜欢古诗文，而是因为刚去铜陵的头两年，实在没有别的书可读。这本书是读过私塾的爷爷的藏书，不知怎么地到了父亲手里。但肯定不是爷爷送的，他一向视自己的书如宝贝。一想到他摇头晃脑吟诵唐诗的样子，我就觉得既滑稽又好笑。大概也不是父亲随手顺的，他只对马克思主义哲学有兴趣，家里桌子上用铁夹别住的一排书都是马克思恩格斯选集、列宁选集之类的。书是线装的，纸色泛黄，颇有古籍的样子。漫不经心地看，翻来覆去地看，本来就很旧的书很快就散架了。“采菊东篱下，悠然见南山。山气日夕佳，飞鸟相与还。”我想，陶渊明之所以喝喝小酒，赏赏菊花，日子过得那么悠然，是因为他有老婆、有孩子、有田、有树，还有仆人，是个地地道道的有产主义者。他说自己的家“环堵萧然，不蔽风日”，在我看来是诗人的夸大其词，这和李白的“五花马，千金裘，呼儿将出换美酒”是一个道理(谁会信李白会拿五花马、千金裘换酒喝)。倒是略迟于陶渊明的刘宋诗人鲍照勾起了我极大的兴趣:“握君手,执杯酒,意气相倾死何有。”“对案不能食,拔剑击柱长叹息。丈夫生世会几时,安能蹀躞垂羽翼。”人生一世,自当像郭靖那样,大开大阖,不仅“侠之大者,为国为民”,还有一个红颜长伴左右,这才是丰富、完整、不苟活的一辈子。

有时候我躺在山坡的草地上,想着乱七八糟的心事。山上树木茂盛,葱郁、荫凉。父母亲一年前就从老洲中学分别调到铜陵县二中和一中了。一中到二中走路快点不过十五分钟的路程,但他们分居两处:母亲带妹妹住在县一中,父亲带我住在县二中。母亲的工资管她和妹妹,父亲的工资管我和他自己。这种模式别人看了奇怪,家里亲戚也颇有微词。特别是爷爷,当他们面说过好几次。可能他们这种生活模式持续了好几年,已经习惯了,并不觉得有什么不妥,甚至还有好处:生活中的摩擦少了、争吵少了,眼不见,心不烦(现在,步入老年以后,他们真是相濡以沫了,连上趟街都要两个人一道)。到了暑假,父亲就到外面代课。代课的学校有点远,父亲一般早上七点出发,中午十二点回来。有时候下午有课要接着上,中午就在电大食堂吃午饭。这种情况下父亲会事先准备好我的午饭，到时间我自己热饭菜。学校里有几个教职工家的孩子，可是要么交道少，要么谈不来，玩不到一起去。同样家住学校的校篮球队队友、平时玩得比较好的陶子到县少年篮球队集训去了。大部分时间，我一个人在家。写作业是不可能的，暑假作业以前一直是快开学时突击的，现在更是一个字也写不下去。

我们家在东边山坡上，三间坐北朝南的平房，平房南面三四米处是一座五平方米的小厨房，厨房边码着一堆父亲的学生帮忙砍的柴火，可以一直烧到冬天。父亲的房间是东边的大房间，我住在西边的小房间，窗户正对北面，没有钢筋窗棂，不算大也不算小。推开窗户，刚好够完整地看到窗外的一片世界。树林、绿叶、远处的山峦与白云都已经看腻了，那条从墙角边逶迤而来的小路都已经看旧了。我莫名地期盼着一个人的出现。这个人好像是蓉儿，又好像不是。有一天，这条小路上还真出现了一个人——一个穿白色连衣裙的女人，看上去有三十岁，个头挺高。她每天下午大约三点钟，手上拎着一只白色的塑料包，从校园北面围墙的墙角处转过来，然后就沿着那条小路向我走来，走过我们家的墙角，不见了。她的皮肤很白，连衣裙的下摆很短，胸部丰满的像两只排球，再走近一点，脸部轮廓有点像杨康的老婆穆念慈。我开始期待每天下午三点钟的到来。她走来的过程就像是电影的慢镜头。而我也像看电影一样，预先在位置上坐好，静静地等着电影开幕。当然，这是无声电影，没有字幕，也没有灯光。等她走过我们家的墙角，电影就算结束了。

一天早上，父亲夹着包出门的时候，说他今天晚上还有课，回来很晚。中午和晚上的饭菜已经准备好了，让我不要等他，自己到时间热饭菜、睡觉。这天下午的三点钟，那个穿白色连衣裙的女人没有来。我把暑假作业胡乱扔在桌上，开始动手写一封信，写了撕，撕了又重新写。边写边等，一直等到天黑，也没见一个人来。吃过晚饭，在院子里练了一阵“九阴白骨爪”。借着月光，我看见泡桐树树干上似乎有五个指印，不知道我的“九阴白骨爪”练到第几重了。我只知道练到第九重的时候可以“摧敌首脑”。接着，又练了一阵双手倒立，练累了，就躺在山坡的草地上。夜晚天空高远，月亮又大又圆，我透过疏密相间的树叶的罅隙看着又大又圆的月亮，迷迷糊糊地睡着了。这时，墙角那儿出现了一匹马，有点像郭靖驯服的那匹小红马，但要比它高大威猛一些。它从那条小路朝我飞奔而来，披下来的金色的鬃毛抖动着，打着响鼻、喷着气，踢踏踢踏地等在我面前，似乎认定了我就是它的主人。我飞身上马，勒紧缰绳，蹬紧马鞍，一声“驾——”，红马长嘶一声，跃上山坡，向开阔处的草地飞奔而去。山坡下有一道三米长的沟壑，红马纵身一跃……这时，我浑身一颤，好像腾云驾雾时掉到地上，醒了，下边一阵沁凉。我梦遗了，这是我的第一次。

过了一个月，就是八月初的样子，陶子的篮球集训结束了。他还给我带来一个好消息：带他的张教练觉得我的球也不错（陶子有些卖弄地说，他帮忙说了不少好话），让我参加第二期县少年篮球集训队，队友来自县里和下属两个镇的中学，陶子还说其中好几个人以前和我们打过比赛。这真是个大好消息：除了有一帮队友能在一起玩不说，还发两套运动服（两件蓝色的背心，两条白色的运动短裤），而且集训地点就在母亲所在的县一中的球场。唯一的缺点就是要早起，五点多就要起来，六点钟准时开始训练。父亲还是每天按部就班地出去代课。我每天一大早起来，用塑料袋带一个鸡蛋、一碗米饭，到母亲那儿做鸡蛋炒饭。训练的强度很大，整整一上午要练习400米跑、弹跳摸高、跳台阶、运球、立定投篮、分组对抗六个项目。

我每天累得到家倒头就睡，有时睡到下午五六点，中饭、晚饭并作一顿。有一天的集训休息期间，有几个队友看着我在一边坏坏地笑，有一个我叫不出名字、来自顺安中学的大声说，铜陵县在中国地图上是什么样的形状呀。我知道他们一定在影射我什么，但到底是什么，我莫名其妙。训练结束，到了家，我躺在山坡的草地上，一欠身的时候才发现：由于睡得太踏实，我竟然没发现自己头天晚上梦遗了。黄褐色的污迹在白短裤上是那么醒目，真像一幅地图，又像一小面形状不规则的随风飘动的旗帜。

第二期县少年篮球队集训一结束，正好学校也开学了。市电视台准时播放了《射雕英雄传》第三部华山论剑，我们照样翘课把它看完了。奇怪的是，我们对蓉儿再没有那种恋人的感觉。现在，蓉儿是女主角，我们是观众而已。好像经过了一个夏天，我们心中所有美好的感情都消耗尽了。

雪　城

城市
钢筋混凝土
和流动着的钢铁
组成的城市
人声鼎沸
熙攘喧嚣的城市
看起来
它的热岛效应
似乎能够融化一切
其实骨子里冷冰冰的
假如
这座城市
没有你所爱的人
更是冷入骨髓

看　张

傅雷先生是我尊敬的学者和翻译家,他的作品对于我来说如同福音,这一点也不夸张。年轻的时候,我曾偏执地以为,法文作品除了傅雷先生翻译的,其他的都是垃圾(现在知道,这是偏执)。我很早就收藏傅雷先生的文集,不过都是东一本西一本的单行本拼凑的。爱屋及乌,傅雷先生在《论张爱玲的小说》中对张爱玲的小说不吝赞美,使我不由得对其心向往之。二十世纪八十年代上学的时候,找友人借过《传奇》和《流言》。等到买张爱玲的文集作为藏书,已是二十世纪九十年代工作后的事了。那时候的书真便宜,安徽文艺出版社出的一套《张爱玲文集》(五卷本)

才三十几块钱。有一年外地同学W来合肥,她也很喜欢张爱玲的文章,于是借走了其中的三本,恰恰张爱玲的代表作都在那三本里。虽然有些不愿割爱,但是我也借过别人的书,知道书非借而不能读、读而不忍还,于是想想无非再买一套,便借了。我于读书有种怪癖:某个时间某个地点某种氛围,突然想读某个作家的某部作品,如果想读而不能得,就跟猫爪挠心似的难受。因为张爱玲辞世以及在中国大陆掀起的张爱玲热,那一段时间,市面上竟然买不到她的书——简直沸腾了。于是一天一个电话催W还书,终于还了,邮寄过来的。这是我干过的最没风度的一件事。

说起张爱玲,就不能不提胡兰成。我读胡兰成的《今生今世》《禅是一枝花》等作品,自然是因为张爱玲,这是另一种形式的“爱屋及乌”。现在研究张爱玲,已经把胡张之间的情事作为一座地标,由此生发出不尽的研究素材。但我以为,说到底,胡张之间不过是男女之间的情事而已,即便女主角是张爱玲。“那时你变姓名,可叫张牵,又或叫张招,天涯海角有我在牵你招你”,这段话所展示给我们的,无非是一个恋爱中的幸福小女人。常言道:清官难断家务事,男女之间的情事比家务事更难断。有些文艺女青年一说起胡兰成,就变成了张爱玲的闺蜜,似乎张爱玲就该像林徽因，家里有梁思成，隔壁有金岳霖，这才不辜负了才女的名头。这样说，当然不是要为胡兰成辩解什么。胡兰成用笔杆子为汪伪政权摇旗呐喊，这是事实。抗战胜利后，胡兰成为避汉奸罪逃亡日本，也仍是用他一贯的“风日洒然”的笔调说：“在日本人家借房间住，食宿都包了，就好比是待亲戚待人客。”而此时，中国大地上无数冤灵的鲜血还没有干透。但从不因人废文的角度，单以胡兰成的文字和思想深度而论，胡张两人可以说是棋逢敌手、将遇良才。毫无疑问，两人在精神层面上高度默契、文字层面上相互印证已成定论。

虽然手头有了张爱玲的全集，但我也没有全部看完。长篇没看，比如《十八春》，看了开头一句“他和曼桢认识，已经是多年前的事了”，就看不下去了。我对纯粹的写男女恋爱的文字没什么兴趣，除非确实写得好（而男女情爱实际上是比较难写的，因为大家都在写），况且这开篇也有点平庸。当年谈对象的时候，老婆拉我去看《泰坦尼克号》，我差点看睡着了，觉得这不过是中国历代都有的富小姐爱上隔壁穷书生的翻版（有时候穷书生会寄宿在附近的寺院），而且翻得还不那么真实，只是邮轮撞冰山的场面比较大而已。《秧歌》和《赤地之恋》也没有看过。散文全部看了。短篇《倾城之恋》《红玫瑰与白玫瑰》虽然一看标题就是写恋爱的，但《倾城之恋》开篇第一句“上海为了‘节省天光’，将所有的时钟都拨快了一小时”这句话把我给镇住了。我记得二十世纪八十年代初期，为节约能源，全国曾轰轰烈烈搞过一段时间的“夏时制”，即将时钟拨快一小时来“节省天光”——原来“夏时制”是从抗日战争时沦陷的上海借鉴来的，或者当时的决策者也是“张迷”？所以看下去了。《红玫瑰与白玫瑰》一开篇就有“蚊子血、明月光”，一个被别人不厌其烦地引来引去的精妙比喻，也就看下去了。当然，这两篇确实是好作品。因为本文，我把剩下来的文字又都看了一遍。提这么一句，是为了说明：本文的写作态度是诚实的。既然“看张”，就不能挂一漏万。

张爱玲的文字，不消说，自然是好的。至于怎么好，专家学者比我说得更权威、更具理论性。实际上，有些学者对张爱玲的研究是深入的，而不是凑热闹。仅从个人的阅读体验而言，我觉得张爱玲的文字就像藤蔓。我所住的小区大院里有一种藤蔓，名字似乎叫爬山虎，春天一到，不管有没有雨水，阳光是否充足，抽芽以后就开始疯长，往墙上爬，往窗户上爬，往屋顶爬，密密匝匝，最后把房子裹起来，裹得严严实实，像房子的外包装。张爱玲的文字就是这层包裹起房子(读者)的藤蔓,有一种令人窒息的美。就作品而言,我认为,还是抗日战争中上海沦陷时期的作品量丰质高,尤以《金锁记》为佳;散文并非篇篇是精品,也找不到几篇能当作传统意义上的"名篇",前期有些文字还处在习作水平。不过《金锁记》确实是好,这篇文章我从头到尾都有阅读的愉悦感,不单单是因为傅雷先生。固然,傅雷先生描摹的境界我都体会到了,这种体会所产生的共振和快感使我对傅雷先生的敬意又加深了一层。"三十年前的上海,一个有月亮的晚上……我们也许没赶上看见三十年前的月亮。年轻的人想着三十年前的月亮该是铜钱大的一个红黄的湿晕,像朵云轩信笺上落了一滴泪珠,陈旧而迷糊。老年人回忆中的三十年前的月亮是欢愉的,比眼前的月亮大、圆、白;然而隔着三十年的辛苦路往回看,再好的月亮也不免带点凄凉。"这起笔和杜拉斯《情人》的"我已经老了"的起笔一样,有一种无尽的苍凉。我觉得张爱玲把所有的才华都集中绽放在了《金锁记》这朵花中,与之相比,其他的作品都是绿叶。

前面说过,一九九五年张爱玲在美国凄凉辞世以后,她的作品突然就火了。那一段时间,出版社、印刷厂赶都赶不及,大赚一把。再后来,研究张爱玲的文字一下子呈井喷状。就像美国当年的西部淘金热，千千万万个淘金客不远万里、跋山涉水蜂拥至加州，造就了一大批西部牛仔。当然，一位作家生前潦倒、死后荣耀很正常，从李白、杜甫、曹雪芹到卡夫卡、奥威尔，莫不如是。杜甫早就说了：千秋万岁名，寂寞身后事。这是现实主义作家的远见卓识。但是，今天的我们是否要有点平常心，不要去走棒杀和捧杀的老路(对逝者更不应该，因为逝者没有辩解和反驳的机会)。香港作家李碧华有一段话描摹了这种“众生相”：“我觉得‘张爱玲’是一口井，不但是井，且是一口任由各界人士四方君子尽情来淘的古井。大方得很，又放心得很。古井无波，越淘越有。于她又有什么损失?”

张爱玲的作品热了以后，很多人开始撇起“张腔”。至于什么样是“张腔”，容我打个比方：我的朋友L是江西人，来合肥多年仍是一口地道的江西话。假如他说话慢一点，我们还是能听懂的，并没有沟通的障碍。偏偏他的语速又极快，这样的结果就是有时候一句话他得说好几遍，有时候会闹理解上的笑话。后来L痛下决心说普通话，就是所谓的“赣普”。他不说还好，说了以后大家都有点起鸡皮疙瘩，用G的话说叫“令人发冷”。没办法，作为听觉器官的耳朵有时不仅不给别人面子，而且也不给主人面子，想装都装不了。好在L是一个大度的人，不需要我们去装。后来我们说：你还是说江西话吧，说慢点，我们还是能懂的。其实，比较而言，还有更“令人发冷”的“粤普”“港普”。

假如没有张爱玲独特的家庭文化背景、经历和天生禀赋，就大大方方地“我手写我心”好了，何必一定要撇一口“张腔”“令人发冷”呢？

本来还想再说两句，因为自觉有点言犹未尽，但想到李碧华还有另一段话：“‘张爱玲’除了是古井，还是紫禁城里头的出租龙袍戏服，花数元人民币租来拍个照，有些好看，有些不好看。她还是狐假虎威中的虎，藕断丝连中的藕，炼石补天中的石，群蚁附膻中的膻，闻鸡起舞中的鸡……”

所以，就此打住。

雪　　城

我去雪城的时候，正是冬天。雪城落了入冬以来的第一场大雪。天刚放晴，雪还没化，放眼望去，到处覆盖着一层厚厚的积雪，整座城市显出银装素裹、冰雕玉琢的样子。我找到老吴（老吴其实并不老，仅年长我四岁，只是在学校里我们老吴老周的称呼惯了）的宿舍，老吴人不在，桌上给我留了一张便条，说他下车间去了。我喝了一杯水，抽了一支烟，翻起老吴床上的书。一抬头，看见床上靠里面的帐子上挂了一幅字：纸上云烟。这应该是老吴自己的笔墨。字谈不上有多好，甚至可以说没有章法，但其笔势显示出一种桀骜不驯的个性。这正应了字如其人那句话。

正坐得不耐烦的时候，有人推门进来了。他个头不高，皮肤黝黑，身材瘦削，一副挺让人信任的忠厚的样子。我正迟疑地望着他时，他自报家门说他是小韦，老吴的哥们。老吴在车间有事走不开，他请我去吃饭。边吃边谈的时候，我才知道他是早老吴一年分配进雪城卷烟厂的大学生，第一年都要下车间实习，两年以后实习合格重新分配到厂部(实际要不了两年)。他似乎对现在在车间实习颇有些自尊受损，一再强调他和老吴回厂部是铁板钉钉的事。

晚上和老吴倒腿，老吴第一句话就说小韦真够意思。第二句话老吴还没说，我就主动将老吴最关心的美女同学M的近况向他汇报，因为我知道他有些迫不及待了。不过老吴没有我想象中的激动(本来我认为他会大喘气三分钟)，他很平静。这也可以理解，分别与遗忘，正是一对孪生兄弟。之所以还没有完全遗忘，是因为分别时间还不够长。随后就说起了文字。在校时老吴就在练文字，他于文字是有野心的。说着说着声音渐渐低下去了，老吴先响起了轻轻的鼾声。我因为睡生床，看了会书才迷迷糊糊地入睡。

第二天是周六，上午老吴招了一帮人来打牌。除了小韦(老吴的舍友小方周六回郊区的老家了),还来了一帮叽叽喳喳的女孩。她们都是南昌卷烟厂的车间操作工,来雪城卷烟厂参加一个厂际交流项目,为期两年,现在已经快到期了,年前就要回南昌。

打牌的时候,女孩们个个嘴上叼着一支烟。老吴说这是烟厂的"福利",操作工每人每天发半包散装烟,有时还可以夹带,厂里查得也并不严。所以烟厂的职工基本都抽烟,抽烟基本都不花钱。那时雪城卷烟厂新推出一种混合香型品牌"宝都"(国产烟基本都是焦香型),味道很像美国的"三五"。我没抽过"三五",但"宝都"的味道确实和平时抽的"红梅""渡江"大不同,最大的特点是烟味醇和,不呛嗓子。两圈牌打完,桌上笔筒里插的五十支"宝都"就抽完了。上午主打炒地皮。女孩们牌打得都很精,我和老吴搭档,小韦观战,眼看两轮就过去了,其中"A到J"两次,"J到底"三次。几轮牌打下来,或者是水平差距太大打着没劲,或者是桌上的烟抽完了,女孩们叽叽喳喳地全散了,剩下我们三个老爷们在吹牛。

这时,老吴扭过头瞟了一眼,用胳膊捣捣小韦,朝门外努努嘴,说:"看谁来了?"

话音刚落,一位美女已笑吟吟地站在我们面前。现在

"美女"和"先生""帅哥"一样，已经演变成一种称谓。不过也有名副其实的，比如现在站在我们面前的千玉玲。第一眼看见她，心中不由一动（我有一种"疑是故人来"的感觉——虽然这种感觉毫无来由）。她穿一件红色的风衣式夹克，领口露出紫色的半高领毛衣，下身穿牛仔裤，白色的休闲球鞋。直溜溜的头发，快到肩膀的样子。个头不高（后来得知准确高度163 cm），但看上去很挺拔。脸型有点像演员周迅。眼睛大而清澈，眉毛细长，当得上眉目如画四字。

"这是我们的校园诗人"，老吴是这么介绍我的。如果搁现在，我绝不承认自己是诗人。碰上有人说我是诗人，我会回一句：你才是诗人呢！不过有区别的是，在我心底，对诗和真正的诗人充满了敬畏。诗歌在我心中仍是一座神圣的殿堂。戏谑不过是生存手段的需要。但在二十世纪八十年代末，诗人还是一顶桂冠，一种荣耀。我与诗人名不副实，与真正的诗人相去甚远，但听老吴这么忽悠，心中依然大爽。

千玉玲的眼睛亮了一下，笑容更深了。不过她的笑容并没有过多地流露在脸上，而是通过眼神传递出来（也可以说，她用眼睛在笑）。接下来三人聊变成四人聊。千玉玲、小韦坐在对面小方睡的床上，我和老吴坐在老吴睡的床上，中间隔一张打牌的长桌(兼平时吃饭、看书用)。一开始我的话很少，因为我跟不熟的人往往不知道聊什么话题。倒是千玉玲的话多一些。我记得最深的是千玉玲引用了《滕王阁序》里的“落霞与孤鹜齐飞，秋水共长天一色”，邀请我们在来年的秋天去南昌玩，并说滕王阁还是秋天最美。她特地看着老吴又看了我一眼，说：也邀请你的老同学去。老吴扭过头颇有深意地看了我一眼，又看了小韦一眼，说：“好，肯定去，由小韦领我们去。”除此之外，因为你一言我一语的，这初次谈话的其他内容我都忘了。不知是因为我的视觉记忆好还是我沉溺于一种场景，我却永远地记住了某些姿态：她坐在那里，双手紧握在一起。她笑起来的时候，头略略偏向一边。她的目光依次扫过我们，然后停留在我面前，我就觉得自己被覆盖了。

后来我将被子垫在腰部，斜靠在帐子里边的墙壁上，正好挡在“纸上云烟”上面。因为坐在帐子里的阴影中，眼前似乎有一层屏障与遮蔽，而我看对面的千玉玲是一片光明。

大概是牌瘾没过够，老吴说离吃饭时间还有一会，再来一圈。我正好和千玉玲坐斜对面，自然就分到一家，老吴和小韦一家。这场牌我和千玉玲打得非常默契，除了中间出错一次，一会儿第一圈就赢了。这真是有点奇怪，因为我的牌一直打得不好，总是被对家指责的对象。特别是老吴，我俩一打对家就要吵，因为他也是个臭牌篓子。今天轮到他和小韦吵了，不过小韦总是笑笑不作声。千玉玲边打边说“不得报牌，违者罚分”（也是老吴在报牌），我说你是君子动口不动手，我可就要小人一下，动手了。我将老吴的一张老K从中间拿下来。我和千玉玲的目光时不时地碰到一起。我出对牌的时候，她总是赞许地看我一眼，又似乎是心领神会地笑了，那笑容依然深藏在眼睛深处。

打了几圈，大家肚子都有些饿了。我们就商量着吃中午饭，我提议订盒饭，吃完接着战斗（我真是希望这场牌打得没完没了）。这样，吃完中饭一战斗就到了下午四点多，有些暮色初临的样子。我和千玉玲连战连捷，都有些再下几城的意思。不过大家都有些乏了，特别是老吴输牌太多不想打了，我只好知趣地把手上牌放下。晚饭的问题摆上议事日程。千玉玲提议自己烧，大家都说好，老吴说千玉玲的红烧排骨乃是卷烟厂一绝。买菜自然是千玉玲的事，老吴掏出几张钞票递给千玉玲。千玉玲出门的时候，不经意地瞥了我一眼。我对老吴说：我也去吧，好不容易宰你一顿，我得挑贵的买。

我骑着老吴的自行车带着千玉玲去了菜市场。去菜市场的路是一条逼仄的石子小路，一米多宽，两边是红砖青瓦的居民房。都是平房，一看就有些年头，有些砖头已经残破了，用水泥抹上。门前都搭了一层塑料薄膜，下面放了几双胶靴，积雪都已经扫到墙角边。门口边的墙上嵌了一个自来水水龙头，因为下雪上冻，水龙头口子上结了一层薄薄的冰凌。这条小路走到头，就是大棚式的菜市场。

从去菜市场到回老吴的宿舍，只有短短的一个半小时（其实，正常骑自行车去买菜半小时就够了。而对我来说，这多出来的一个小时是多么珍贵呀）。我们的谈话时断时续。奇怪的是，我们一点也没有陌生感和隔膜，似乎今天不过是接着从前未完的话题。千玉玲说，她在高中一直是尖子生，班主任一直把她作为重点大学的苗子来培养。但是高二刚开学的时候，她的爸爸因病去世了，她的天也塌了。她陷于极度痛苦的状态而不能自拔，患上了自闭症，整整一年时间，她不愿意见任何人，包括她的妈妈。她在自己的小房间里，周围摆满爸爸的遗物，沉溺在对往日的回忆中。那是一段以泪洗面的日子，也是一段暗无天日的日子。一直到现在，伤口也没有愈合。

“我在家是老小，爸爸最爱我了。我家兄弟姐妹五个，爸爸说我才是他的骄傲。”千玉玲有些哽咽了，声音发颤。

我赶紧用话岔开：“其实上大学现在也有机会，你有这样的基础，现在考都来得及。”

千玉玲说：“后来高三下学期的七月份我还是参加高考了。因为耽误了一年多的课，最后我的高考成绩只达到了大专线。但是我的志愿只填了本科，大专和中专我一个没填。分数线公布后，我就直接到爸爸以前的单位当工人去了。”

我有些惋惜地说：“我想你上个大专可能更好些。”

千玉玲坚定地看着我，说：“我不后悔。”

“不是我想要的，宁可没有。”

我说：“我没有你那么决绝。”

千玉玲的话一样勾起了我对高中生活的回忆，那回忆并不遥远。我告诉她，我的母校是全县唯一的重点中学。我的理科是弱项，但高二分科后，我的文科优势发挥出来了。高二那年学校所有的文科奖项我拿了个遍。我和同桌一起组织了全县第一个文学社。同桌和我一样喜欢诗歌，我们连喜欢的诗人都那么一致：既喜欢俄罗斯“诗歌的太阳”——普希金，也喜欢盛唐的谪仙人李白。他写上句我写下句，或我写上句他写下句的联诗，我们珍藏起来，准备将来出一本诗集。生活在我面前展开了一幅美好的画卷。但是临近高考我的失眠症加剧，黑夜和白昼颠倒，结果高考失利，分数只达到大专线。这是我人生中遭遇的第一次巨大的沉重打击。我沉沦、迷惘下去，经常一个人在大学漆黑的阶梯教室里苦苦思索人生的真谛，寻找指引方向的星光。“生存还是毁灭，这是一个问题”。但形而上的问题尚悬在头顶，形而下的问题接踵而至：大一上学期一下子就挂了两门必修课，面临留级或退学的危险。我曾经负气地想：最好让我退学，我将开辟另外一条人生的道路。那也许是一条荆棘之路，但我将勇敢地走下去。

我并不是什么“校园诗人”，也没写出什么有价值的作品。但我热爱诗歌，我只有去诗歌里寻找自己的价值和尘世的慰藉。这就像黎巴嫩诗人纪伯伦说的：诗，是伤口上绽开的一朵微笑。

这微笑是灯塔，是星光，再次激起我前行的勇气。

千玉玲一脸认真地看着我，说：“我真希望有一天你把这一切都写出来。而且我相信，你一定能写出来。”

走出菜市场的时候，天已经完全黑了，几颗寒星挂在天幕上，天更冷了。回到宿舍，小韦看到我和千玉玲一前一后地进来，脸色一下子就变了。千玉玲说：小韦，把电炉通上电，给我打下手。老吴朝我使了个眼色，说：老周，走，我俩一道再去买点卤菜，晚上好好喝点酒。我说好啊。在路上，老吴说：你俩再不回来，小韦要找你拼命了。我说：我俩真动起手来，你帮谁？老吴说：说说罢了，打不起来的，小韦唯千玉玲之命是从。

拎了一包油炸花生米和两袋卤菜回来，千玉玲已炒好了一个素菜，排骨还在锅里焖着。千玉玲说：你们边喝酒边吃着，再过半个小时排骨就可以起锅了。老吴说：来，一起吃啊。千玉玲说：你们吃吧，小韦和我约好今晚去看电影，快开场了。小韦一言不发，站在门外等千玉玲。我想，他们看完电影肯定就直接回各自的宿舍了，而我已经订好了明天一早回学校的火车票，难道此时此刻就是离别？这时，我迅速做了一个决定：我将自己的地址和邮编写在一张小纸条上，递给千玉玲。灯光下，我看见千玉玲的脸微微红了，眼里掠过一丝羞涩和不安，头下意识地偏了一下。可她还是接过我的纸条，紧紧地攥在手心里。随后，她和小韦的身影融入夜色中。

我和老吴开始喝酒，酒一多话也多。老吴说："你和千玉玲今天可以说是目光如炬，火花频冒，谁都看出来了。最郁闷的是小韦。”

“我本来也没打算掩饰。小韦怎么啦？”我知道我有些明知故问。

“小韦和千玉玲的事我最清楚了。小韦进厂不到两个月，千玉玲就参加厂际交流项目来雪城卷烟厂了。一开始小韦就追千玉玲，他对千玉玲可以说是一片真情，也可以说是苦恋，因为千玉玲一直没答应他，只愿意和他做个普通朋友。”

“说实话，你是不是打算横刀夺爱？”

“好感是有的，横刀夺爱谈不上，再说我明天就要回去了。”我说。

“你要真有想法，我可以帮忙。你把地址留给她，这一招，绝！”老吴眼睛直瞪瞪地看着我说。

“真奇怪，我今天第一次见到她，好像从前在哪里见过似的。似曾相识燕归来，就是这种感觉。”我呷了一口酒，有些自言自语地说。

“上辈子？木石前盟？”老吴又露出他那特有的笑容，带有一些善意的嘲讽。

“别老拿我开涮，说说你自己吧。”

“我一去就分在财务科，领导和同事对我的业务很肯定，现在车间里的师傅对我也很好。”

“今年写了一批散文，准备明年年底出第一本书。”

“除此之外呢？你可是习惯了有爱的生活呀。”我笑着说。

“老周，这个我要向你汇报一下：车间有个老工人，就是我现在的师傅，家里有七个女儿，他说让我随便挑，看上哪个就带走哪个。”

我哈哈大笑了起来：“七仙女呀！结果呢？”

“结果？结果我只留意到，他家门前有一条小河。”

“世间真爱难觅，比如小韦，说真话，老周，小韦要有你的海拔（身高），千玉玲也就干了。”

老吴的这句话相当于一个总结。这时，酒劲也上来了。我们有一搭没一搭地说着话，不知不觉进入了梦乡。

翌日清晨，老吴还没醒，我就乘早班火车回学校了。

大三下学期开学的时候，老吴来了一封信，信的末尾说：“去年年底，离除夕还有十天，那帮南昌卷烟厂的女孩们（包括千玉玲）全回去了，而且不再回雪城，因为交流项目已结束。小韦去送的站。”

随着老吴的叙述，一组画面在我眼前徐徐拉开：那仍是在冬天，寒冬腊月，不过没有下雪。离别的人们挤在月台上，因为不久就要到来的重逢，他们笑着互相挥手致意，或者一再重复着叮咛的话语。送站的人陆陆续续散了，月台上空荡荡的，只剩下小韦还孤独地伫立在那里，因为火车还没有开。小韦凝神望着车窗，可是他看不见千玉玲的表情。也或者，他并不是在看千玉玲，而是在看另一个自己。火车的汽笛响了一声，轰隆隆地慢慢启动了，铁轨发出吱吱呀呀的声音，好像是不堪承受火车的重负。启动后的火车越来越快，眼看就要驶出月台。小韦追着火车跟在车厢后面跑了起来，一边跑一边挥手，大声喊着："千玉玲！千玉玲！……"不知道千玉玲有没有流泪，即使她流泪了，小韦也看不见了。火车风驰电掣而去，掠过树林、村庄、原野，成为一个黑点，消逝在远方。

火车从启动到掠过树林、村庄、原野，不过短短十分钟、几百米距离。可有时候，这几百米就是天堑。听老吴说，果然他们俩没有再见过面。小韦仍旧留在雪城，很快便娶妻生子，成为雪城一个平平常常的市民，挣钱养家糊口过日子。在严冬，没有下雪的雪城也一样寒冷凛冽，羽绒服抵挡不住西北风的肆虐。但是，超市、酒店、电影院、咖啡馆人潮如涌，公交车这辆钢铁甲壳虫穿行在城市的每一条街道上，情侣们在街道旁的梧桐树下忘情地拥抱、接吻，煮沸的四川火锅的香气弥漫在空中。城市，钢筋混凝土和流动着的钢铁组成的城市，人声鼎沸、熙攘喧嚣的城市，看起来它的热岛效应似乎能够融化一切，其实骨子里冷冰冰的。假如这座城市没有你所爱的人，更是冷入骨髓。

雪城尤是如此。

因为一座城市，不会理会一个人的哀愁与喜乐。

从合肥到南昌

只是因为在人群中多看了你一眼，再也没能忘掉你容颜。

——题记

凌晨，我迷迷糊糊地在合肥长途汽车站里醒来。这还是在早春，天气冷得很，我是被冻醒的。

我是昨天傍晚从蒙城来到合肥的。蒙城的基层实习项目还有一个多月，也就是说再过一个多月，办好实习鉴定等手续，我就可以回合肥的省级机构上班了。但我在收到千玉玲的一封信后，还是决定立即就去南昌。蒙城到合肥最晚的一班长途汽车是下午五点一刻。我在路边的地摊上吃了一碗炒面，背着一个背包，就上了车。因为车速慢得像蜗牛在爬，还有路上原因不明的两次停车，到合肥的时候，已是深夜十二点多。乘客们陆陆续续地散了，熙熙攘攘的候车室顷刻变得空荡荡的。我站在空无一人的候车室里，忽然有一种茫然之感。我不知道接下来要做什么，我甚至不明白为何来到了合肥，又将要去何方。一抬眼，我看到了墙上挂的旅程表，南昌那两个字醒目地映入眼帘。我知道，我要去南昌。这是昨天我于瞬间所做的决定，现在仍然没有改变。

醒来的时候我看了一眼墙上挂的时钟，凌晨四点一刻。因为冷，特别是脚，好像已经冻得失去了知觉，我在候车室破旧的长椅子上坐不住了，站起来来来回回地踱步，最后小跑起来。身上微微出了汗，脚渐渐暖和了。可是一坐下来，身上的汗凉了，身体贴着潮透的内衣，说不出来的难受。我只好又站起来。这时，赶早班车的旅客们陆陆续续地进了候车室，候车室又恢复了平日熙攘喧嚣的样子。在你挤我我挤你地排了一会队以后，身上好像不怎么冷了，可能排队时内衣又捂干了。从合肥到南昌只有一班车，四点半开始售票，五点整发车。我第一个拿到票，挑了一个后排的单座，票价四十三元，占去我月工资的六分之一左右。拿票的时候我问售票员何时到达南昌,售票员不耐烦地说:要一天! 下一个。

上车前,我在候车室旁边的小摊上买了五个包子当早饭。摊主是一个白发苍苍的老妇人,穿着旧式的黑色对襟棉袄,神情木然,一堆包子摆在倒放的钢质锅盖上,锅在一个很旧的煤炉上,锅盖下面嗤嗤地冒着热气。在座位上,咬了一口包子,立刻感到不对劲:包子馅味道怪怪的,明显是隔夜的材料,还有点馊味。我想下车去退掉,可想到那老妇人在风中飘散的白发,还是算了。馊包子吃不死人,再说这辈子又不是第一次吃馊包子。五个包子下了肚,身上更加暖和了,困意又袭上来。车子启动了,在快要驶出合肥城区的时候,我在车身摇摇晃晃的节奏中迷迷糊糊地又睡着了。

一觉醒来的时候,已到了湖北省黄梅县。看到“湖北省黄梅县欢迎您”的界碑,我纳闷了半天。从地理位置上讲,南昌应该在合肥的南边,湖北可是在安徽的西边。这岂不是绕远路了? 大方向也不对。这个困惑一掠而过,因为早餐的五个变味的包子实在不顶用,睡着的时候忘记了饿,醒了后填饱肚子比解开眼前的困惑重要。车子开到了一个不知名的小镇——应该还在湖北省境内,然后在一个不知名的小饭店前停车了。司机告知：下车吃午饭，只此一处，沿途不再停车。这相当于剥夺了我们的午饭选择权。饭菜还算便宜，我点了一份青椒炒肉丝，一份米饭，合计6元钱。菜炒得不怎么样，油放得倒挺多，饭一入口就知道是劣质大米，环境是脏乱差。不过由于饿，大家都吃得很香。旅客们骂骂咧咧地说这是司机的定点饭店，不知道收了多少回扣。只有几位女士，皱着眉头，一脸难以下咽的样子。吃饭的时候，我向一位看起来满脸风霜的中年旅客道出了心中的困惑，被告知：从合肥到南昌必经某国道，黄梅县境内就是此国道的一段，走湖北是必经之路。

到底是吃了喝了，乘客们解除了疲乏，车厢里的气氛开始活跃起来。坐前排的乘客将行李箱叠起来，开了两场牌，开始打“八十分”。于是，车厢里一片“吊主”“拖拉机”的叫牌声。后座的几个人开始聊天，因为方言和车厢里环境嘈杂，我不知道他们在聊什么，但我知道他们聊得很高兴，因为他们时不时地笑得前仰后合。有一个风姿绰约的中年女人，我注意她很长时间了。因为我在她身上看到了千玉玲的影子。我甚至以为，假如千玉玲人到中年，大概就是这个样子。她的面部轮廓和千玉玲很像：脸是国字形的，稍显瘦削，大眼睛，眉毛细长。一样的直溜溜的垂到肩

头的短发，个子不高却很挺拔。她笑起来的时候习惯性地用手捂住嘴巴，放开手的时候身子俯下去，笑声清脆。她大概对我长时间地注视她有些诧异，偏过头看了我几眼，目光中有一种辨别和考量。她大概不会想到一个青年长久注视她的缘由。

下午五点多，客车驶进了南昌长途汽车站。暮色降临，四处灯火明亮。我站在车站前的马路边，一阵茫然再次袭上心头。“站前西路43号”，这个熟悉得不能再熟悉的地址闪现在我脑海中。我的心头随灯火一起亮了起来。一抬头，我看见马路对面有一个霓虹灯招牌——江南宾馆，心中不由一动。雪城就坐落在江之南畔。凡事讲求随缘，既然在南昌第一眼看到的是它，我决定晚上就住这里。住宿费不算贵，三十元一个房间，条件自然简陋，不过还算干净。我在外面的快餐店里吃了一份盖浇饭，回到房间，躺在床上，我和千玉玲相识的一幕又浮现在眼前。我回忆起那天她所穿的红色的风衣式夹克，她的头偏向一边轻轻笑起来的神情。明天，明天我将何去何从？

我想，我还是先写一封回信吧。写了撕，撕了再写，修改了无数遍，写着写着不知不觉天就亮了，结果总共才一百多字。这是我有史以来耗时最长、篇幅最短的一封信。

而且，这封信写得已经不是一封信了，我干脆给它安上一个题目——《誓言》。

五点钟，我背上包，直接去了马路对面的南昌长途汽车站。回合肥的早班车五点一刻发车，我没有走人行天桥，直接翻过道路上的护栏赶到了车站，五点十分拿到了回合肥的车票。气喘吁吁地坐进座位，车子便启动了，开始在南昌城区转圈子。天刚麻麻亮，但道路两旁的自行车道和人行道上已经有赶早的为生活而奔波的人们。他（她）们戴着口罩，行色匆匆，头发被早春的寒风吹乱。我凝神注视着窗外，希望出现一个奇迹：在路上遇见千玉玲。我想，假如我现在能够遇见她，这就是天意，我将毫不犹豫地从车上跳下来。在路上，每一位骑自行车或步行的女孩看起来都和千玉玲那么像（有一个红衣少女，在看见她的一刹那，我有一种起身想跳下车的冲动）。但我仔细端详，不是。

客车快要驶上赣江大桥时，天已经完全亮了，晨曦中大桥的轮廓清晰可辨，赣江的江面上闪烁着道道霞光。过了桥，进入国道，就要离开南昌城区，开往合肥。这时，道旁的人工湖畔突然传来一声悠长的“啊——”，这应该是京剧票友在吊嗓子。尾音萦绕在我耳边，不绝如缕。客车已

经驶上赣江大桥，我最后望了一眼南昌城——这座我来过又正在离开的城市，将手中攥着的我一夜未眠而写就的《誓言》向窗外扔去……

它在寒风中飘飘荡荡，很快就飘出了视野。

它应该是飘到赣江里去了。

书店琐忆

对于书，我一直有一种饥渴。这种饥渴，从童年一直伴随到青春期。究其原因，无非家境困窘，买不起书而已。我生于二十世纪七十年代初，那时候少数人还没有先富起来，共同贫穷的坏处自不用说，好处是大家收入差距极小，心理平衡，“红眼病”的发病率低。经济条件相对好一点的，要么是有个一官半职，工资高，要么就是背着人搞副业。因此，我的阅读生涯就是蹭书的生涯。到小伙伴家蹭书，是我童年、少年时代读书的主要途径，也因此受人不少白眼，有点寄人篱下的意味。二十世纪七十年代后期，随着改革开放政策的逐步实施，大家的日子渐渐好过起来，在乡村吃饱饭、隔三岔五地改善一下伙食已不是什么问题了。但在我印象里，文化生活仍是极度贫乏，没有图书馆，没有电影院，全镇只有一家文化站。虽冠之以“文化”，但除了一年组织一至两次的露天电影外，好像和“文化”也没多大关系。

一九八五年，我们一家辞别故乡，随父母工作调动赴铜陵县，因为调动手续的关系，父亲带着我先行一步。从偏僻的山区小镇至县城，算是一个地域上的飞越。但是对我的阅读而言，将近一年的时间是一片空白。此前，故乡尽管是个穷镇，但有崇文的传统和读书的气氛，镇上也颇有一些读过私塾的老夫子。蹭书尽管受人白眼，自尊被践踏得七零八落，但好歹书是读到了，用农村的土话来说这叫“装孬不蚀本”。到了铜陵县，连蹭书的机会都没有了。对当时的县二中的学生来说，打架、谈恋爱是常事。图书馆自然是没有的，身边的同学包括老师家的子弟，关心的是上海滩、霍元甲。留个大背头、穿一件黑色风衣，风衣上最好有几个洞，扮许文强的范儿。或者练几招连环腿、迷踪拳。阅读，渐渐被抛之脑后。

没有书的日子是寂寞的。自然，我也是不合群的。

等到母亲也从枞阳调来铜陵县，生活步入正轨之后，我开始了走读的学习生涯。每天上学路上都要经过铜陵县新华书店，那是县城里唯一一家正规书店，门头四个鎏金大字非常醒目。每次路过，我都要看一眼“新华书店”四个大字，书店里面也让我充满了无穷想象。我那时想的最多的无非是头脑中残留的连环画印象的《西游记》《三国演义》《水浒传》，想象着孙悟空究竟打死了多少个妖怪，蜀中的大将有没有比廖化更强的，宋江和他的弟兄们在梁山活得何等痛快，却为何接受了招安。但最想买的书是《红楼梦》，缘由是“老不看三国，少不读红楼”这句话。听到这句话有好几年了，我一直又纳闷又好奇：三国打来打去的战争故事大致知道了，水泊梁山的好汉们也颇能说出几个诨名，《红楼梦》里是怎样的一番旖旎风光呢？终于有一天鼓足勇气走进了新华书店，里面的架构、摆设和百货商店差不多，沿四周一溜排的玻璃柜台，摆满了各式各样的书，四五个女营业员。果然有《红楼梦》，一眼就看到了。于是心虚地问价格，一个大约四十岁的中年妇女笑笑，把这套书从玻璃柜里取出来：绛红色的封面，定价十二元五角。“买吗？”她问。我却不敢与她的眼睛对视，赶紧一转身就走了。

这不是一个小数目。那时我父母两个人一个月的工资加在一起才六十多元,一次六分之一的支出确实是个负担。然而这种诱惑像小虫子似的时时来咬噬我的心,终于忍不住跟母亲说了,一道提出的要求还有一套三十多元的运动装——袖子和裤脚各有两条白杠,当时时兴的那种。母亲什么也没说,只是沉默。暑假的两个月里,母亲在县城一家编织厂揽了一份加工编织袋的活儿。那个暑假,我每天都能听到咔嚓咔嚓的缝纫机运转声。有时深夜一觉醒来,一抬头便看见台灯下的母亲双脚踩着缝纫机踏板,双手压住针脚,编织袋一张一张地从缝纫机台面上滑下来,一会就堆成了一座小山包。这链条的咔嚓咔嚓声在我听来美妙无比,似乎只要它不停断,生活的希望便也不停断。回想起来,十五岁的我其实有点没心没肺。为了书和运动装,母亲放下教师的架子去做小工,劳作了整整一个暑假,人瘦了一圈不说,最后还病了一场。

我还记得那天早上,从母亲手里接过钱,早饭还没吃就一阵小跑到了新华书店,将书钱拍在玻璃柜台上:“我要,这套书!”

上高二的时候,在父亲的坚持下,我又回到枞阳中学读高中。枞阳中学有图书馆,但藏书极少,而且很多都是简本。镇上的老乡赵勇在枞阳县城开了一爿书店,名曰

“莲湖书店”。说它是“爿”，因为它实在小得可怜，面积八九平方米，里面只有两节玻璃柜台，位于电影院旁边一条不起眼的小巷中，赵勇一人身兼老板和员工二职。因为老乡关系，我又开始了蹭书生涯，而且这次蹭书待遇不错，有板凳坐。莲湖书店固然小，但老板赵勇确实还是有眼光的，于图书是位行家。二十世纪八十年代伊始，西方哲学、文学著作纷纷解禁，似乎一夜间摆上了书店柜台，让人措手不及又喜出望外。于是，我在课堂上听政治老师讲“物质第一性，意识第二性”，却知道还有人主张“我思故我在”。听语文老师侃侃而谈鲁迅和梁实秋的骂仗(《“丧家”的“资本家的乏走狗”》)，放学后却去莲湖书店瞻仰雨果的《巴黎圣母院》。

除了贺年卡、明信片以外，我在莲湖书店只买过罗曼·罗兰的《约翰·克利斯朵夫》(四卷本)、尼采的《查拉图斯特拉如是说》，这两本书至今还码在我的书柜里。

工作之前，我的藏书屈指可数(大约二十本)。工作以后，有了自己的稳定收入，书柜里的藏书才渐渐丰富起来。这时，家里的经济状况也大有改善，几次加薪以后，父母的工资在当地算是高收入了。我刚到合肥那几年，工资不过千把块钱，但年轻人没什么负担，也没整天想着攒钱、买房、结婚，故于买书从不吝啬。我办过省图书馆的借书卡，但那时查书还是卡片式的，摆放得又有点随心所欲，找一本自己想读的书得老半天。而且虽说书非借而不能读，但拥有一本好书的满足感是借书无法替代的。去得最多的是四牌楼的新华书店（现在已和科教书店、安徽图书城并入安徽新华书店集团），就规模、藏书量而言，新华书店当然是合肥最大的一家。

给我留下深刻印象的是"爱知"书店。那天我准备去三孝口的科教书店买职称考试用书，不经意间却在科教书店的隔壁看见它。书店的名字看了就叫人心生欢喜，想到"爱智慧"三字。进去转了一圈，从此便是"爱知"的常客。"爱知"规模并不大，营业面积一百多平方米，里面很安静，只听见顾客翻书的窸窸窣窣声。敞开式的书架，书码放得很整齐，归类合理。收的书品位很高，比如历史书籍，不是那种不伦不类的"白话版"或文白对照版，从作者或注本的选择可见书店老板的品位。我还注意到，《普希金诗选》是戈宝权的译本，《巨人传》是傅雷的译本。经济类的书籍有亚当·斯密的《国富论》、保罗·萨谬尔森的《经济学》。这几本书我都翻过，装帧很大气，纸张质量也很好。在我看来，"爱知"就是合肥的"风入松"。

书店只有一个女营业员，二十来岁，身材、形象都很好，扎着马尾辫，大部分时间站在门口微笑迎客，或将顾客摆乱的书轻手轻脚地重新码好。有时候我带随身的包进去，她也从未提示存包。走的时候，也没有要求“麻烦把包给我看一下”。每每心里有一种被陌生人信任的温馨感。只是我于“爱知”有一种隐隐的担忧：一是收的书层次高，如文史类大多是三联书店、中华书局出的，书价很高，而真正爱读书的人有几个是有钱人？二是这家书店收的书太专业化，这样目标客户群就有限，而在三孝口这样的繁华地段，每天不保证几百本的销量，是难以盈利和持续经营的。

我现在的藏书有两千来本，相当一部分出自“爱知”。有一段时间，我去外地工作了半年，回来后却发现书店的门匾已换成一家妇婴用品店。“爱知”是搬迁，还是倒闭了？

我想到了我以前的担忧，这担忧又不断地被新近得知的消息所印证：北京的“风入松”已经停业，厦门的“光合作用”已关闭了两家分店，更多的实体书店或艰难维持或等待重生……一座座城市的文化地标像大树一样訇然倒下以至于湮没，留下的树桩像城市的丑陋的伤口。作为读

者，我们无须抱怨当下阅读的缺位、网络文化的侵蚀。被烟囱污染的天空，仍是我们梦中的蔚蓝色。我们只有更多、更频繁地走进书店，才能让我们曾经有过的对书店、对读书的美好回忆再次绽放如花。

我的隐居梦

我有一个做了多年的梦，就是在一个安静的村庄，有一个属于自己的农庄，我隐居在这里，自食其力，自给自足，做个地地道道的农夫，终老一生。随着我对熙攘喧嚣的城市越来越厌倦，这个梦不断地被修正、完善，细节日益丰盈。可以说，它在我的心里已由一棵幼苗长成了一棵大树，树的枝干、叶子、叶子上的脉络，甚至风吹过时窸窸窣窣的声响都清晰可辨。而它的根，就扎在我的心灵深处。

村庄首要的是安静。我所说的安静，并非人烟稀少，阒无一人，那是死寂而不是安静。清晨的鸡鸣犬吠，夕阳西下时牛哞哞的叫声，母亲喊孩子回家的悠长叫声，安静就在其中。风景不作要求。江西婺源、黄山西递风景固然绝佳，但一旦变成闹哄哄的旅游景点，就不适合隐居了。至于远近，假如安静，又具备开辟一处农庄的条件，也未必要舍近求远。我的老家，我现在工作、生活的城市近郊皆可(我觉得宣城下属的几个村庄挺不错的)。对于农庄的格局，是开放式还是封闭式的，我斟酌再三。封闭式的固然更隐秘，可以拥有完全被隔离的私人生活，但我最终还是决定建成开放式的。这是因为我要融入村庄的生活，我不再是个冷眼旁观者，当然要把那一层屏障去掉。

自己居住的屋子位于农庄中央，三四间平房，圈一个不大不小的院子，院子里养一只看家护院的狗，用竹篱笆扎起半人高的院墙。按距离屋子和院子的远近，四周分别是树木、菜地、池塘、稻田、麦地。我扛一把锄头，出门走上十来步，就能进入干活状态。

凡是自己要消费的，都去种。屋前院后栽种果树和蔬菜，果树以梨树、桃树为主，因为故乡的梨园和桃林一直是我梦中的牵挂，况且这两种树花好看，果子好吃。种两棵柿子树，因为柿子树秋天挂果时，就像一盏盏橘黄色的灯笼，消解了秋天的肃杀之气。我于种菜并不陌生，小时候，母亲就在屋后的空地侍弄了五六块菜地，除了上街买肥肉炼油，蔬菜从没买过。小青菜、毛豆、蚕豆、茼蒿、芫荽、小葱、蒜……只要菜市场能摆出来的，我们家地里都有。后来搬到城市，母亲还总念叨着没地方种菜。耳濡目染，我也懂得了一些种菜经，比如撒种、育苗、培土、除草、施肥……因为是自己吃的，品相无关紧要，但化肥是绝对不用的，就靠土地自身的肥力。池塘大小同半个游泳池，与果树、菜地挨在一起，便于浇水。池塘里可以养鱼，物尽其用。

因为是自己动手，稻田、麦田各控制在一亩左右。但这个数字我心中没底，我只是觉得两亩地应该能解决一家人全年的口粮。(不是有“两亩地一头牛，老婆孩子热炕头”这个说法吗?)和种菜不同，我对于稻子和麦子的种植完全外行。小时候在故乡见过村民在春季插秧，赤脚站在稻田里，往后退一步，手一扬，一棵秧苗栽在水里。但是看别人做和自己动手完全是两码事，所谓会者不难，难者不会。因此，第一年我打算请村民帮忙，一是插秧，二是收割。插秧技术含量高，水量大小、秧苗深浅直接影响到后期的长势和收成。收割的劳动量大，脱粒需要专门的机器，储藏也有讲究。我打算边学习，边实践，“摸石头过河”，干个一两年，总能摸到一些经验。此外，我有充分的思想准备，那就是种庄稼绝不单是田园牧歌，体力劳动的艰苦是不言而喻的。不过，当你在耕种之余，想到“手把青秧插满田，低头便见水中天。六根清净方为道，退步原来是向前”这样的诗句时，当你累得筋疲力尽躺在草地上，看到四处翻涌的麦浪、草地上啃草的牛、西天边金光四射的晚霞时，那一瞬间是不是所有的疲乏消失殆尽，生活的美好呈现其中？

我还打算养两匹马、一头牛。在农村的时候，寒暑假去干娘家，我帮海斌哥哥放过牛。黄牛极少，村子里只有一两头，用来磨米磨面时拉磨，但家家几乎都有一头水牛。私自宰杀水牛是要坐牢的，因为水牛属于耕牛，是生产资料，村民只有使用权，没有所有权。也因此，耕地时牛不听话可以吆喝、鞭打，但是该喂水时喂水，该喂草时喂草，一点怠慢不得。除了下地干活、晚上回栏，水牛大部分时间都是散养在草地上，雨雪天气也要提前备好草料。干娘家的大水牛性情温顺，想要上牛背只要吆喝一声“角”，大水牛就将头低下来，偏过弯弯长长的牛角，轻轻一扬，将你送上牛背。骑在牛背上回家，是我最得意的事。不过在农庄里养牛，干不干活随它，我只是喜欢牛啊马啊的。至于马，小时候我就觉得，骑在马背上一定比骑在牛背上更神气，因为马跑得快，要不哪来的“骏马飞驰”这个词？直到三十年以后——2008年，我才第一次去河北坝上，跨上马背体验了一下飞驰的感觉，自那以后我就喜欢上了草原和马。在农庄里养马，我主要是用来梭巡我的稻田、麦地。想想看，骑马走在田埂上，那与骑在自行车或摩托车上的感觉可太不一样了！

农闲的时候，我就闭门读书，写作。人的生活要用减法，譬如穿衣吃饭，就是解决温饱问题，“食可饱而不必珍，衣可暖而不必华”。简到极致，就是生活的大境界。唯独读书写作，这与我是不可或缺的，因为这是让灵魂安妥下来的事，否则一切于我都失去了意义，连同隐居本身。秋收之后，至来年的春天，除了翻耕一次土地，喂牛喂马，基本上就没有什么农活了。这是一段不算长也不算短的日子，是我在心灵上播种、收获的一段日子。而且，我敢肯定地说，我在这里的读书、写作一定能有一番新境界。

这个梦归结起来，实际上就是我的生活理想。而这个农庄，也就是一个微缩版的农场。不过，我得继续在人潮汹涌的城市里打拼。倒不是有什么放不下、舍不得的，简

而言之，我得挣钱养家糊口，每月拿我所得的那份薪水。等到哪天有条件了，可能别的羁绊又来了。这是我的无奈之处。因此，读者大可把它当作一番梦话。但我想，这梦话怕也不是我一个人的专利吧？

慢生活

什么时候，我们能停下自己急匆匆的脚步，为路边一朵正盛开着的野花、一片从头顶滑过去的白云而驻足？

是的，我们的日子过得太快了。白天，我们急匆匆地穿衣吃饭，急匆匆地开车赶路，急匆匆地处理邮件和堆成小山似的案头工作。我们追逐着汹涌的人潮，像一个浪头覆盖另一个浪头。夜晚，拖着疲惫的身子回到家，我们可以舒一口气了。拉上厚厚的窗帘，调好灯光的亮度，准备放一支曾经带给我们感动的乐曲，或看一本曾经让我们流过泪的书，寻找一种自己想要的节奏。可这时，瞌睡袭来了。碟片兀自在CD机里旋转，翻开的书的那一页夹在手指上，我们渐渐沉入梦乡。而只有梦中的月光是舒缓的，静静地流过我们的梦境。

我们经常说“赶时间”，实际上，时间需要赶吗？时间可以赶吗？我们通过严密的计划表与日益发达的交通设备，自以为赶上了时间，或者比时间快了一小步，造成“走在时间前面”的错觉。只有当我们消耗完了属于自己的时间时，才会恍然大悟：我们所拥有的时间，其实总长度一点不会多，也一点不会少。而我们应该仔细品味的生活，我们走过的沿途的风景，都在“赶时间”的过程中被忽略了。最后，我们不知道日子是怎么过的。只有喟叹一声：这日子，过得太快了。

让生活慢下来，这是无数个现代都市人的愿望。

其实，我们曾经拥有过慢生活。有过农耕传统的村庄生活体验的人一定不会忘记，坐在门前的矮墙上，看夕阳一点一点地沉下去的时光。现在，“中国最美的村庄”成为旅游热点，都市人涌向周庄、婺源、稻城，是因为在这儿，我们找到了曾在记忆中留下痕迹的、但现在已经失去了的慢生活。不是吗？当我们撑一条船，从早到晚穿过水乡的石桥和白墙灰瓦，等到夕照笼罩着我们和我们穿过的石桥与白墙灰瓦的时候，这一天，就像过了十年。而这样的一天，我们曾经是大把大把地挥霍的。

农耕生活为什么是慢生活？这是因为，农耕生活的节律就是自然的节律。与自然保持同一节律，这才是最完美的节律，是上天赋予我们的慢生活的密码。在尚未摒弃农耕传统的村庄，我们的生活做的是减法：手表、闹钟、电脑是不需要的，听鸡叫第三遍时晨起，看到晌午的太阳就吃中饭，黄昏的薄霭浮起时便踏着小路回家。我们可以一边走自己的路，一边欣赏沿途的风景。这样，“慢慢走，欣赏啊”的生活美学才不是一句空话。

不过矛盾的是，都市生活就是快节奏的生活，我们没有选择的余地。假如把我们比作旅客，把都市比作列车的话，那么这趟列车跑的总是快车线，除非你不上这趟列车。选择了都市，就自然选择了快节奏的生活。而离开了村庄，我们就再也回不去了，只有美丽的乡愁还在丝丝缕缕地牵扯着我们。现在，对绝大部分人来说，我们对于再美的村庄也只是个过客（也有少数来到这就爱上这座村庄，并且成为永久居民而老死于斯的，这自然要另当别论）。可能我们在心底已经开始厌恶都市，但是我们必须得承认自己的无奈：我们离不开都市。工作、家庭、孩子，这些牵一发而动全身的要素使我们变成都市的留鸟。我们要依赖都市而生存。生存，毕竟是谁都不能忽视的。

这样说，慢生活是否就与身处都市中的我们绝缘了？也不尽然。我以为至少有两种方式能使我们暂时地远离城市的喧嚣与浮躁，沉入慢生活状态。我将它称为物质层面的调整和心灵层面的调整。

一、物质层面的调整。例如，推掉今天所有的约会，关掉手机、电脑，撂下手头所有的事，什么也不做，慢慢地逛荡回去。例如，有计划地休一个长假或者小长假。休假虽不能改变我们的生活模式，但能提供一次心灵的缓冲。在假期里，我们可以放下一切，背起旅行包，找一处山清水秀的地方重温一次慢生活。在屯溪老街，在三河古镇，我们踏在青石板上，坐在漆色脱落的门槛上，那一刻，时光是否停了下来？至于让我们养身活命的、赖以生存的城市，远远地抛开它吧！对于身处都市中的每个个体，从来都是“你远没有你所想象的那么重要”。

二、心灵层面的调整。这才是最根本的。我们改变不了环境的时候，只有改变自己。可能有时候只慢了一拍，就要被这个快速飞转的世界所抛弃。心灵所沾染的物欲，推动我们一刻不停地向前奔跑。但我们最终会发现，我们所得到的，远比我们所失去的要多。当心灵不执着于物的时候，我们的生活才会趋于宁静、悠远。陶渊明有诗“问君何能尔，心远地自偏”，这就是慢生活的内蕴。因此，慢生活实质上是心灵的慢，是一种心灵的当下体悟。“春有百花秋有月，夏有凉风冬有雪。若无闲事挂心头，便是人间好时节。”也可以说，慢生活是一种接近“心头无事”的禅境。

这两种方式未必能从根本上解决问题，因为世界上有很多事是知易行难。但如果我们尝试着去做一做，也许会发现，我们想要的慢生活并非遥不可及。

蒙城路桥，一帧时间的剪影

桥，古汉语中原指高大的乔木(所谓“乔”“木”合成“桥”)。因为乔木够高够大，砍下来就能放在水面上，连接起河流两岸，即独木桥。这是初级阶段的桥，也是桥的本义。而现在，桥的内涵不断延伸，公路桥、铁路桥、跨江跨海大桥、海峡隧道等四通八达的交通将天堑变成通途。老一辈人教训青年人常说：“我过的桥比你走的路还多。”因为人要闯世界，必定要跋山涉水，赶路过桥。桥不仅承载着人的脚步，也记录着人的历史。

因为有淝河这条环城河，合肥的跨河桥很多。现在我们约会，不说某路上见，而常说某桥上见。蒙城路桥初建时，我还是个二十来岁的文艺青年，住在桥边的集体宿舍。每天上下班，要走阜阳路。因为是封闭施工，只见蓝色的毡布遮挡起一块施工区域，几根粗大的钢筋脚手架从毡布上方伸出来。但站在办公室北边的窗户边，抬眼就可看见钢筋水泥裸露的桥的轮廓。刚开始施工时是春天，我常和舍友在桥下的河边小道上放风筝。到了黄昏，夕阳将坠未坠，霞光洒在桥墩上，反射出万道金光。我对舍友说：这是淝河一景，完全可以安个"淝河夕照"的名目。

通桥的时候很突然。那天早上我习惯性地骑车向西边去，准备继续走阜阳路。下意识地偏了一下头，竟然发现毡布、脚手架一夜之间被拆除了，一辆小轿车从桥面上疾驰而过。平日看惯了的风景突然变了面目，让人不适应。直接走蒙城路桥，上班时间大约节省了一半。从此，每天骑车经过蒙城路桥成为我的生活常态，而桥上也充满了一掠而过的风景。比如清晨老年人牵着一条狗，背着手缓缓走在桥上的护栏边。傍晚几个看上去并不显老的中年妇女，有伴奏有话筒的在那儿唱歌，有时候是京剧，有时候是二十世纪五六十年代的流行歌曲。夏夜，不少人（中老年人居多）干脆将席子带来，往桥墩上一铺，再打开收音机，躺在席子上纳凉。路灯下，牌友们将几张桌子架起来，垒起带点小彩头的长城。于是，桥上溢满了嘤嘤嗡嗡的市井声，和汽车的鸣笛声、风刮过树梢的窸窣声交织在一起。

到了秋天，蒙城路桥开始步入清冷的格调，连行人和过桥的车辆似乎都少了。不过每天都能见到两个卖橘子的商贩，一个在桥北，一个在桥南。两边都一样的拉一辆板车，黄澄澄的橘子堆放在板车上。北边的商贩是个中年人，搭一条白毛巾在肩膀上，手上拿一只简易喇叭，打他的广告："巧来巧来（方言，意为便宜），10块钱4斤来，最大的缺点就是太甜了，实在是太甜了。"南边的商贩也一样是个中年人，抱着双膝，坐在桥边的路堤上。他的摊子却静悄悄的。走近了，才看到他也打了广告：一块白纸板斜插在橘子前边，上边只写了六个字——比初恋还要甜。

比较一下，两者高下立见。不过，那"比初恋还要甜"的橘子不见得比"最大的缺点就是太甜了"的橘子卖得好，因为两个摊主几乎是同一天在桥上消失不见的。

好像是橘子卖完了，秋风起了，桥就空了，接着就是萧索的冬天。桥上每天都是空荡荡的，偶尔有行人将大衣领子竖起来，急匆匆地从护栏边走过。冬天，桥上的风格外大，带着呜呜的呼啸声穿过桥面。那些被人熟视无睹的风景随着季节变化、轮回。而我们，每天几个来回，一走就走到中年了。

合肥物候三则

明教寺的梅

合肥的花，除了包公祠公园的荷花，其他的实在没什么看头。古来读书人视踏雪访梅为雅事，杭州有孤山，南京有梅花山，苏州有香雪海。我虽然喜欢梅花，又自诩为半个读书人，可在合肥却没有发现一处可以好好赏玩一番梅花的地方。

年初六去明教寺上香，是还愿、许愿还是随便转转已经忘记了。大多数时间，我去明教寺只为听一阵子晨钟暮鼓。自从撞钟收费以来，这令人警醒的钟声也渐渐难得一闻。年前下的一场雪，已经化得差不多了，现在只有残雪在地上或枝头做点缀，正显出暮冬或初春的滋味。天还是冷得很，可能正因为天冷，寺里没什么香客，这于我正相宜。我从第一进的天王殿，穿过侧廊的“四大金刚”和前院的银杏树，转到第二进的大雄宝殿的院落，坐在青石板上，背对着释迦牟尼佛像，听寺里的僧人梵唱。

南无观世音菩萨，南无观世音菩萨，南无观世音菩萨……

听乏了，我想找寺里相识的果行法师说会话，求教去年看了几遍的《心经》。轻轻推开檐上标着“生活区”三字的侧门，门喑哑地“吱呀”了一声，映入眼帘的却是一株开得正旺的梅花！

我静穆地站在那里，不敢用手去拂，去碰，甚至不敢凑近前去闻，只任那熟悉的花香渐渐弥漫周身。我的心做不到如如不动，又是欢喜又是悲哀。我想：这些年，看遍残山剩水，我要找的梅花是不是这一株？这株梅生长了多少年？它一个人开，一个人谢，等了那么久，是不是为了和我遇见的这一瞬？

于千万年之中，时间的无涯的荒野里，没有早一步，也没有晚一步，刚巧赶上了，那也没有别的话可说，唯有轻轻地问一声：“噢，你也在这里吗？”

僧人的生活区静悄悄的，两只顽皮的猫儿蹿上了窗棂，警觉地扭过头来看着我。访客遇与不遇都已经不重要了。离开明教寺，在回家路上，我一直在心里喃喃默念着：

开门见梅。

包园听荷

我喜欢的花不多，真动了心思的，细细数来，一是梅花，二是荷花，两者不分轩轾。但我不喜欢侍弄花草，一则没有闲工夫，二则没有耐心。与其动辄将花养死了，不如保持一份神往，他日相见，心生欢喜。以前住一楼，院子里只有三棵果树、一棵金银花。有一株桃树还是哪个小孩子将吃剩的果核扔进来，自然生长出来的。后来每年春天，都开得像模像样，可惜后来又被小孩子玩耍时弄折了。现在搬到高层，更有不种花草的理由了。这在旁人不免有叶公好龙之讥，我却以为，我是懂荷的。

前一阵子，在书店偶然买了一本《读荷》，相当于一本将所有咏荷的诗文辑在一起的书。这才发现，除了平日熟知的"西风愁起碧波间""雨浥红蕖冉冉香""映日荷花别样红"之外，自孔夫子辑的《诗经》、屈大夫著的《离骚》以降，只要配得上诗人这顶桂冠的，几乎没有不咏荷的。佛典《四十二章经》将浊世比作污泥，将荷花比作自性，出脱污

泥般的浊世，体悟荷花般的自性开放，就是凡世生命修证彼岸的过程。这是“出淤泥而不染”的滥觞。宋朝大儒濂溪先生在《爱莲说》中来了个大总结，自此，荷花就成了中国人精神高洁的象征物。

众荷喧哗
而你是挨我最近
最静，最最温婉的一朵
要看，就看荷去吧
我就喜欢看你撑着一把碧油伞
从水中升起

我向池心
轻轻扔过去一粒石子
你的脸
便哗然红了起来
…………
你是喧哗的荷池中
一朵最最安静的
…………

白话诗中，洛夫的这首《众荷喧哗》写尽了荷花的动静咸宜。我家乡的陈瑶湖，有红莲也有白莲，然而以白莲居多。盛夏，坐一条小船，向荷花丛中驶去，一边是碧水绿叶，一边是白花黄蕊，小船在花叶间穿梭，船与人俱隐在花叶中不见，确有“闻歌始觉有人来”的意蕴。随便用手拨拉一下荷叶，那藏在荷叶深处的“最最安静”的，却不是一朵，两朵，而是繁星般撒得到处都是。

然而，比较起来，我却独爱晚唐诗人李商隐的《宿骆氏亭寄怀崔雍崔衮》：

竹坞无尘水槛清，
相思迢递隔重城。
秋阴不散霜飞晚，
留得枯荷听雨声。

这首诗与《夜雨寄北》有异曲同工之妙。也为此，每年深秋我都想着去一趟包园，在雨中听荷。也并非春天、夏天就不去，偶尔也带孩子看春天萌发的新叶、夏日盛开的荷花，而秋天，却是我去得多。可是，我在合肥这么多年，无丝（私）藕的滋味倒时时留在舌尖，仔细回想一下秋雨时分去过包园几次，竟又很惘然。记忆的缘故（记忆这东西有时候就是挺怪），那雨打枯荷的景象似乎恍若隔世。

若是不便外出的天气，有时候，我拿孩子平时习字用的狼毫笔在宣纸上信笔涂鸦:上方画几片枯萎的荷叶,荷叶一律向下倾坍,呈弱不胜风之状,以示雨打之意,下方只画光秃秃的挺直的茎秆,以示不惧风雨,左边大片的留白处只题“包园听荷”四字。本来还想在荷叶下画几条小鱼,以透出一股生气,后又觉此画意落入窠臼,有人云亦云、狗尾续貂之嫌,遂搁笔。

这权且以神游而代晤面。

深秋赶上下雨,雨还要下得恰到好处,太大的雨将荷叶全打折了没意趣,太小的牛毛细雨,听不见雨声也没意趣。既要赶巧,又要得闲,这包园听荷之约,赴得也并不是那么容易。

不过,我没有远隔迢迢的重城,也就没有相思。

合肥的春天

都说合肥没有春天。回想一下,合肥的春天确实是太短暂了,短得像随风飘过的一首钢琴练习曲,还没听清旋律,乐声已逶迤而去,没有咂摸和回味的余地。先是天气的转换冷热不定甚至有悖常理。前几天还是寒风凛冽,穿羽绒服仍觉冷风扑面,不由得缩紧了身子,过了两天穿单褂还觉得热,似乎夏天已经提前到了。等到把羽绒服之类的过冬衣服洗洗收起来,突然一阵大风大雨,又把人带回天寒地冻的冬天了。而有时候，这一热，确实也直接过渡到夏天了。再是物候特征不明显。已经出九了，“七九河开，八九雁来”，我只在一九九二年的一个春天的晚上听过一次暌违多年的雁鸣。至于河开，我印象里，护城河的水从来没有结过冰吧？诗人描绘的“春风又绿江南岸”，那青草由鹅黄转为淡绿、青葱、碧绿的层次感，在合肥确实难觅踪迹。

在合肥，要看草长莺飞、杂花生树固然是比较困难的。然而，如果真要说合肥没有春天，却又太绝对了。二十四番花信风，在合肥也有短暂的驻足，这短暂的驻足就像练习曲的一个音阶，而春的消息，就在不经意间悄然滑落。先是春天的风，如果是开车、坐在空调车里自然另当别论，而假如是骑车或者步行，扑面而来的春风还是令人起了一阵寒噤，但那风里有一股“水气”，有一种润泽，是吹面不寒杨柳风的预演。道路两旁的落叶乔木树干隐隐泛青，如果背面是白石灰墙，则青得更加醒目。而更多的常绿乔木比如香樟、冬青、四季桂、雪杉，树叶绿得比冬天时亮。春天的标志树——柳树，护城河边、几大公园里都有，但以离大蜀山不远的植物园和城中心逍遥津公园的垂柳最有韵味，那返青的柳芽吐得比别地的要早，青得比别地的要有气势，其连片的画面特别适合于远望。假如划一条船，在四面环柳的水面上转几圈，体会“岸南岸北往来渡，带雨带烟深浅枝”的诗境，也有几分杏花春雨江南的韵味。

“春眠不觉晓，处处闻啼鸟。夜来风雨声，花落知多少。”得益于合肥这几年生态环境的逐步改善，现在，我们在城内可以领略些许田园诗人孟浩然笔下的《春晓》风光。冬天，我在小区或者附近的环城公园见得最多的是斑鸠，发出“咕咕”的鸣声，一飞一跳地在地上觅食。到了春天，各种各样的鸟鸣声渐渐地浓了，密了，窗外传来的鸟鸣开始来吵醒幽梦了。有好几个清晨，我都是在啁啾的鸟鸣声中醒来的。上班的路上，果然看见小区大门口的一棵雪杉上停了一群鸟，这在我的记忆中仿佛从未有过。可惜的是，我不是观鸟族，辨别不出鸟的种类，倒是孩子在车后座上用手指着：这只是黄鹂，这只是麻雀，还有一只戴胜。鸟儿蹿上蹿下，鸣声此起彼落，像是在交头接耳地开讨论会。它们在讨论什么呢？假如是诗人，一定会说鸟儿们在商量如何迎接春天。可是，鸟儿们可没有这么罗曼蒂克，还是孩子的看法最贴近本质：它们在讨论哪儿的虫子多，哪儿的虫子可口，并且最后一致决定——惊蛰至，雷声起，快去逮虫子！

和鸟鸣一样，花也是春天的标签。我在前文说过，合肥没有什么好的看花的地方，这或许与我的个人喜好有关。但是明教寺的梅，我想再说它一次。那天，我从第二进的大雄宝殿出来，先去听松阁坐了一会，又来屋上井坐了一会。天空渐渐飘起了细雨，寺里的梵唱又开始了。无意间一扭头，却看见绿叶丛中的梅花东一朵西一朵地开着，雨水一层一层地往下渗，洗得花叶俱亮。原来，除了僧人生活区的那一株，这屋上井边还有一株梅花，被近旁的几棵杂树密密匝匝的绿叶掩住了。有了这株梅花，顿觉满院春意融融。白居易的诗《大林寺桃花》："人间四月芳菲尽，山寺桃花始盛开。长恨春归无觅处，不知转入此中来。"且不拿梅花与桃花去比，单说梅花早在立春就开放了，况且明教寺就在城中，这近在咫尺的春天无须刻意寻觅，抬抬脚就到了眼前。不过，最好将近旁的几棵杂树伐去，单留这一株梅花，春天的风味更足。

至于路程远一点的，去看大蜀山的藤蔓，紫蓬山的茂林，肥东肥西的油菜花，巢湖的春汛，自然春意更浓。不过，春天的瞬间更多的是停留在我们的心上。前天，在送孩子上学的路上，后座上的孩子指着前方告诉我：树上停了一群鸽子。我定神看了一下，不禁哑然失笑：原来天气渐暖，道旁的白玉兰盛开了。满树的没有绿叶陪衬的白玉兰，微风拂过，确有白鸽振翅欲飞之势。而没有孩子的提醒，这道平日里熟视无睹、一掠而过的风景，在我的眼帘里却是一根杆子上挂了无数个节能灯泡。套用一句俗语：对于我们，不是缺少春天，而是缺少一双发现春天的眼睛。只要我们的心沉下来，再沉下来一点，你会发现，合肥的春天俯拾皆是。

跋

二〇一五年仲秋，我的首部书稿《风吹来的地方》总算“竣工”了。

“竣工”，只是对这部书稿在物理形态上的阶段性完成下个结论。后面还有“验收”，那是读者的事了。“洞房昨夜停红烛，待晓堂前拜舅姑。妆罢低声问夫婿，画眉深浅入时无？”唐代诗人朱庆馀参加进士考试前呈给张籍的这首行卷诗，庶几可反映此时我忐忑不安的心情。

我于文字浸淫已久。自幼喜欢安徒生的《海的女儿》。上高中时就开始参与创办文学社，任主编写稿子办社刊，这算不算正式的文学活动？假如算的话，到现在有二十多年了。虽然本书所收的文章都是近两年写的，但毕竟二十多年的光阴耗去了。出一本书，即使从纪念的角度，也似乎是顺理成章的事。

但是，出了一本书，是不是就忝居作家之列，或者说成了“圈子里”的人？当然不是。于写作上，我基本上是独来独往的。即便有机会，我也从没拜访过曾经或现在如雷贯耳的名家。“独学而无友，则孤陋而寡闻”，这可以说是我的写照。有时候儿子说火了的某某作家，一本书的版税动辄几百万，我像听了天外来客一样惘然。我对好作家的概念，相当长一段时间还停留在鲁迅、沈从文那一代人。

我对自己的文字，自信和不自信兼而有之，两者就像水和泥一样，你中有我，我中有你。自信的地方是，我坚信自己能够写出一点有价值的文字。也可以说，有一点“野心”。事实上，就是这点“野心”支撑着我不断往前走。否则，二十年干啥不行，非要去写一本貌似无用的书？至于结果，可以引用本书《何凌群》中的一段话：“坚韧地追求，无需成功与胜利的保票。即使前边是荒坟，也照样往前走。”我不自信的地方在于，我对自己写成的东西大都不满意。之所以要结集成书，绝大部分的原因是为了兑现一个承诺，小部分的原因是为了激励自己。假如有人要问我哪一篇写得好，我就会模仿巴西球王贝利那样回答：“下一篇”。

不过，要说本书一无是处，我也不赞同。第一，将现在写的东西与过去写的比较一下，我自认进步的痕迹还是明显的。这也是我的“下一篇”的底气。第二，个别文章不乏“亦殊可爱”之处。打个比方，就像一网撒下去，鱼没有捕到，总有些沙砾留下来了。但于我这是怎样珍贵的沙砾呀，它们刻上了我的生命印记，蕴含我的体温与呼吸，分明发射出一种只有我自己才能看得见的熠熠光芒，点亮暗夜，穿透头顶上的阴云。

这本书只是我的一个开始。时光在悄然流逝，我一个人在路上走着，沿途的风景一一掠过，而路从脚下伸向不可知的远方。远方究竟有多远？我不知道。诗人海子说：“远在远方的风比远方更远”。从象征的角度来说，文学于我，就是充满无穷魅力的《风吹来的地方》。这是本书书名的缘起。

这部书稿得到了亲朋好友的鼎力相助。安徽师范大学出版社总编辑张奇才先生审读书稿，在体例安排、内容取舍等方面提出了颇有见地的建议；正就读于北京工业大学艺术设计学院的滕麦浓创作并提供了包括封面在内的插图，为本书增色不少；责任编辑付出了琐碎而细致的编校工作，使本书得以顺利付梓。本书凝聚着他们的心血，在此谨表谢忱。

文字的道路无疑是寂寞的，但我自认是个耐得住寂寞的人。至于自己将会写成什么样子，那就是“文章千古事，得失寸心知”了，非人力所能及也。我唯有坚定地走下去——有多远走多远。果能如此，足矣。